MARIO DESIATI

TERNITTI

OSCAR MONDADORI

I edizione Scrittori italiani e stranieri marzo 2011
I edizione Oscar contemporanea marzo 2012

ISBN 978-88-04-61735-8

Questo volume è stato stampato
presso Mondadori Printing S.p.A.
Stabilimento NSM - Cles (TN)
Stampato in Italia. Printed in Italy

www.librimondadori.it

TERNITTI

Alle donne di via Pio XII

È la mia gente, questa, e io sarò
ritornato a loro e all'amore di
mia madre.

JOHN FANTE

Tagliate le mie vene
e del sangue
fatene fiori
per la mia bambina.

STEFANO COPPOLA

1975

La casa di vetro

Gli antenati avevano trascorso la loro esistenza a cercare un angolo di terra sicuro. Chiunque può contare su un avo che l'ha trovato e ci ha costruito la sua tana. Un riparo in cui aspettare che le circostanze siano migliori, il vento sia cessato, l'aria diventi più tiepida, tuo figlio sia diventato grande e possa curarti o chiuderti le palpebre. Oppure soltanto un rifugio in cui potersi addormentare sereni.

Domenica Orlando, conosciuta da tutti come Mimì, lo imparò in fretta.

Si chiamava così perché Domenica era una santa potente, martirizzata con le fiere, costretta a vivere nei casini, torturata a morte con le lame. Era raffigurata con una spada di metallo e luce.

Gli Orlando non vivevano distanti dal paese di Scorrano, che per due settimane l'anno, al principio di luglio, si consegnava al culto della sua patrona in un tripudio di luminarie, le più grandi e fastose d'Europa: frontoni, cassarmoniche, spalliere e decorazioni luminose che facevano apparire da lontano, il piccolo centro, una bolla di riverberi abbaglianti.

I genitori di Domenica raggiungevano il paese con l'ultima littorina della sera e trascorrevano lì l'intera notte ascoltando le bande che si alternavano sui baldacchini di legno verniciato. Al mattino, dopo la messa, ripartivano con il trenino diretto a Gagliano ricolmo di odori, dolciumi, mandorle zuccherate, fiori di lavanda, rami secchi d'ulivo, e con gli occhi ancora accecati dalla festa.

Nell'estate del 1960 i giovani sposi Orlando, Antonio e Rosanna, passarono una delle loro notti più memorabili. Aspettarono l'accensione delle luminarie e passeggiarono tutta la notte attendendo le campane che annunziavano la solenne funzione dell'alba. Parlarono a lungo sotto il cielo di Scorrano, la luce artificiale degli archi e delle spalliere dedicate alla santa rischiarava i contorni delle cose. In un orto accanto a una pajara si erano fermati a guardare la porta del paese, le linee ortogonali disegnate dai frontoni, le figure scure delle persone che sciamavano. Abbronzati dal sole di campagna e unti dai lumi di santa Domenica si strinsero con gli occhi scintillanti, Rosanna cercò Antonio poi, le mani sulla sua faccia, passò le nocche delle dita sulla guancia per saggiare lo spessore della barba, si diedero un bacio profondo.

Così arrivò Mimì.

A volte le circostanze inducono a dare titoli ai periodi della nostra vita. Mimì chiamò la sua adolescenza "il tempo della casa di vetro".

Fu dietro un vetro sottile, pieno di condensa su cui si divertiva a lasciare le righe dei polpastrelli, che vide il destino dei mesi a venire. Un uomo vestito di nero camminava nella terra della campagna affondando con gli stivali di gomma. Da fuori venivano tuoni laceranti che annunciavano un temporale estivo. I fulmini scendevano sulla cortina contro il Rio dove c'erano i piccoli agri dei contadini. Mimì aveva sempre vissuto in una casupola circondata da ulivi e orti di cicoria e non aveva mai visto un cielo così livido, un cielo marcato dai fulmini, segni sottili, terminazioni nervose, i fili rossi delle arterie e dei muscoli come in un sussidiario di scienze. Mentre la grandine iniziava a battere fiacca sul tetto, l'uomo vestito di nero entrò in casa portando dentro zaffate dolciastre, l'odore della campagna che resta sui vestiti e che con l'umido si corrompe in un profumo di ciliegia appassita. Era suo padre che con faccia grave annunciò: «Domani è l'ultimo giorno di scuola, partiamo per la Svizzera».

Mimì aveva già deciso che anche quella mattina a scuola non ci sarebbe andata. Non era mai voluta andare e le sembrò intollerabile e ingiusto tornarci anche solo per un'ultima volta. Madre e padre all'alba avrebbero fatto un po' di mestiere nel campo, poi sarebbero andati a portare le olive al frantoio di piazza Santa Sofia.

A due chilometri dalla loro casa c'erano le scogliere della Serra, pajare, fichi d'india e strapunti. Aveva passato tutta l'estate solitaria tra le pietre aguzze di Scalamacio e Funnuvoiere, le due calette petrose del paese. Ci camminava a piedi nudi zampettando, a vederla sembrava un agile animale marino, un gatto randagio, una lince selvatica. Chi voleva cercarla nei giorni di sole sapeva che l'avrebbe trovata seduta su un dente di granito nell'aria piena di salsedine, con le ginocchia raccolte tra le braccia e i capelli profumati di iodio.

Quella mattina d'autunno, secoli lontana dall'estate, Mimì si arrovellò, ma solo per un brevissimo lasso di tempo, poi capì e decise.

Arrivò all'uscio, posò la mano sul vetro, spinse con delicatezza la porta e salutò i genitori. Fu un lungo, intenso secondo, poi la richiuse, energica, con tutta la forza che aveva nelle braccia. Gli infissi scricchiolarono, si udì il rimbombo della porta sbattuta e dopo un attimo tornò la quiete delle mattine domestiche.

La corriera che portava i ragazzini nelle scuole a Tricase passò sulla breccia della strada rurale. Si fermò con il motore che tossiva, ogni giorno lì salivano tre ragazzini. Quel mattino ne salirono due.

Mimì aveva davvero chiuso la porta d'ingresso e aveva anche salutato, ma non era mai uscita.

Si era appena fatta pungere dall'aria fresca di acqua e maestrale ed era tornata dietro la porta con il respiro al minimo e le orecchie tese a cogliere ogni rumore che deviasse dalla consuetudine.

I genitori facevano la colazione dei contadini, mangiavano pane e pomodori secchi, erano le otto, avevano già lavorato tre ore e si godevano quei minuti di riposo. Erano avvampati dalla fatica, ma pacificati. Di sguincio Mimì vide il padre con una grande forma di pane sul petto, pareva un animale, un animale pronto a un sacrificio: era pane duro che l'uomo tagliava sottile con un coltello, un vecchio pugnale con la lama spezzata, e lo sforzo gli gonfiava il collo.

Mimì arrivò nella sua camera, trovò il fratello che ancora dormiva. Lei era curva sotto la cartella, si aprì il lungo cappotto di feltro che non le permetteva di muoversi per bene, si chinò vicino alle gambe del letto, scostò alcune scatole piene della minuta di stoffa e si mise sotto rimettendo con cura le scatole in modo da rimanerne nascosta, quasi sepolta.

E iniziò ad aspettare.

Respirava piano, per non farsi udire, schiacciata contro il muro; la madre entrò nella stanza, per svegliare Biagino. Da una fessura delle scatole Mimì poteva vedere le caviglie nude ritte sugli zoccoli. Forse la madre stette lì appena un minuto, ma a Mimì quel minuto parve non finire mai.

Biagino ruzzolò giù dal letto poco dopo. Aveva ancora gli occhi impastati di sonno, i capelli neri arruffati simili a un nido capovolto, la faccia rosa, il colore d'un guscio d'uovo. Biagino sapeva che Mimì era sotto il letto e si stese sui gomiti per vederla.

«Manco oggi vai a scuola?»

«Zitto, Biagino» si sentì flebile e strozzata la voce di Mimì provenire da dietro le scatole.

«Che mi dai se non faccio la spia?»

«Ti pago il gettone del calciobalilla.»

«E con chi gioco?»

«Ci giochi con me.»

«Non ci gioco con le femmine.»

«Te ne pago due. Ma statti zitto, Biaggì.»

Restò lì tutta la mattina, coperta dal silenzio comprato del fratellino, rintanata nel nascondiglio, un volatile ferito che si era ritagliato un covo dal mondo freddo, bagnato e sgradito. Ci rimaneva spesso, lì, per non andare a scuola o a catechismo, per stare lontano dai ragazzi che le tiravano i lunghi capelli neri, dalle maldicenze delle compagne che non comprendevano le sue solitudini, le sue voglie strambe e scombinate – correre a piedi scalzi sugli scogli della Serra, arrampicarsi sul pizzo e tuffarsi con una capriola dallo scoglio piatto che veniva chiamato "trampolino", una cosa da maschi.

Mimì Orlando era la ragazzina che passava le sue giornate lontana da tutti, sdegnosa e nobile anche se figlia di braccianti, vestita di abiti lunghi come tuniche ricavati dalla mussola di qualche corredo, e assorta in concioni con se stessa.

«Quella ragazzina tene nu sacco di fantasia, nun tene nenzi de nurmale, parla sempre da sula, o è matta o la tene demonio.» Così dicevano di lei.

Nella sua breve vita Mimì si era sentita solo una volta compresa fino in fondo: lui era un uomo robusto con la faccia rossa, calzoni di flanella biancastra, giacca vermiglia da domatore, fazzoletto bianco e un cappello di paglia. Suonava un organetto stando al sole davanti al cratere della piazza in cui era in costruzione la nuova chiesa del paese. Le mani erano affusolati ragni rosa che sfilavano le melodie dallo strumento, e gli occhi torti, con le orbite rugose, cercavano nella gente il consenso per un'offerta. Mimì, allora, aveva dieci anni, ci passò davanti e sentì che le piante dei piedi la portavano a improvvisare un passo di danza, e iniziò a ballare da sola. Era domenica e le vecchie camminavano avvolte nei corsetti di velluto rivolgendo al musico uno sguardo, il paese rimaneva sui marciapiedi osservando rispettoso e distante lo straniero. Non era di Tricase e forse non era neanche italiano, ma conosceva la musica romanza, eccome se la conosceva.

Quando smise di suonare e Mimì di ballare, lui le donò un anello turchese: «Tienilo perché ti protegge, dentro porti la tragedia e la grandezza». Mimì non capì nessuna delle due parole, furono soltanto due suoni poco articolati, sbiascicati: tanto era stata coinvolgente e nitida la musica, quanto confusa l'investitura. Ma da quel giorno Mimì, ogni volta che si sentiva lontana dai suoi compaesani e dalla sua gente, dai suoi compagni, pensava alla magica elezione del musicista forestiero.

Una vecchia vetreria abbandonata da molti anni fu il primo tetto degli Orlando in Svizzera. Chi la progettò, chi la tirò su e chi la visse, mai avrebbe immaginato cosa sarebbe diventata: un polmone fremente di vite umane.

Da oltre vent'anni era il primo ricovero per gli emigrati italiani che non avevano dove dormire. Si presentava dall'affaccio di una strada sterrata, sullo spuntone di una montagnola, come un parallelepipedo di blocchetti sbeccati e grandi fessure usurate. Gli spazi erano coperti con i frantumi di vetro che ancora erano disseminati nei recessi più profondi della vecchia fabbrica. Nell'unico androne sorgevano divisori in compensato e latta, il soffitto alto di stagno e amianto resisteva alle nevi invernali e alle lunghe, interminabili piogge che scortavano le notti. Resisteva alla grandine, al vento, resisteva a tutto, o quasi, perché al freddo cedeva di schianto. Entrava dentro e, subdolo, si attaccava agli oggetti. Era il freddo delle cose il più duro da sopportare. Il freddo dei letti, delle coperte, delle sedie, il freddo del primo sorso di latte che scendeva in gola duro e gibboso come una pietra di montagna.

Ma gli anni del vetro furono tali perché di vetro diventarono le vite private delle persone che circolavano attorno all'esistenza di Mimì, di vetro era tutto ciò che la circondava. Trasparente e senza protezione, senza rifugio.

Per Mimì tutto aveva il remoto sentore di un'avventura che si stava compiendo. Aveva tenuto in mano un rosario durante il viaggio dentro la littorina piena di suoi familiari. Ma aveva più meditato che pregato.

A Bari si era vista assalire dalle valigie di una famiglia sconosciuta. La stupirono più di ogni altra cosa coloro che invasero il corridoio: erano uguali a lei, si portavano addosso la loro vita come tartarughe, in enormi scatole e in valigie dalle pance tese.

Erano sei, due uomini adulti, forse fratelli, una donna e tre bambini. Erano magri, come denutriti, guardavano gli Orlando con sospetto e venivano ricambiati da eguale sentimento. A Bari c'era stato il colera qualche anno prima e mamma Rosanna invitò Mimì a stare ben distante dai forestieri.

Il viaggio le era apparso come una festa, un Natale lungo una linea ferrata: c'erano tutti, la madre Rosanna, il padre Antonio, il fratello Biagino, la zia, i cugini. Si aprivano le ceste e si mangiava il pane morbido e sottile strisciando i pomodorini gialli seccati al sole. Biagino, dieci anni di capricci e strilli furibondi, correva per i corridoi del treno mettendo in subbuglio gli scompartimenti maleodoranti di kerosene.

Arrivati alla stazione di Zurigo, Mimì pensò di non essere mai stata in un posto così grande, e avrebbe ricordato ancora ad anni di distanza di aver pensato: "Adesso come si fa", e qualcuno le aveva risposto: «Ci sta lu Governo che n'aiuta». Fu come un prodigio, come se le avessero letto nella testa.

L'aria sapeva di ferro e fumo, una scia di uomini e donne spingevano carrelli ricolmi di bagagli e sembrava dovessero travolgere il muro umano che aspettava davanti ai binari. E a Mimì parve ancora di assistere a un altro miracolo quando la scia di viaggiatori, compattata dalle banchine e a passo lento, si disperse nel muro di folla che inghiottì gli Orlando come una nebbia.

Ad aspettarli c'era zio Peppe. Lo zio era lì dal mese prima e aveva trovato un posto dove stare e pagare pochissimo: «Non è il massimo, ma si riesce a vivere con decoro».

«De Lecce siti?» in tono canzonatorio, con il dialetto storpiato era stata la prima frase italiana che si erano sentiti dire gli Orlando una volta arrivati nella casa di vetro.

«Siete fortunati, in questa casa ci starete solo poche notti, io ci ho vissuto un anno ed ero quasi sempre solo» disse un uomo dalla faccia piena di rughe, un unico dente penzolante sul davanti e il riporto unto dei capelli incanutiti.

Governo – era lucano – organizzava i nuovi arrivi e faceva la cresta sugli affitti.

Fu lui a descrivere agli Orlando, con occhi sgranati, la loro prima casa al di là delle Alpi rosate che si erano lasciati alle spalle. Era fine ottobre ma già c'era il freddo dell'inverno inoltrato, gli scialli di lana grezza non bastavano e la speranza di diventare meno poveri sembrava diventata anch'essa fragile come vetro.

Cosa ricordava Mimì di quel mattino lontano dal mare?

I suoi piedi ballavano dentro le galosce di plastica, le suole gommate scricchiolavano sul pavimento irregolare della vecchia fabbrica; fu lo scricchiolio sotto i piedi la prima sensazione di quella casa. Le brande erano posizionate seguendo le linee rette e precise di un quadrato, i piccoli nuclei erano segnati da divisori che facevano spazio a tante piccole stanze in cui altrettante domeniche e altrettanti orlandi avrebbero iniziato la loro nuova vita.

L'angolo per la famiglia Orlando era quello destinato ai leccesi. Ce n'erano una ventina, altre tre famiglie almeno, e venivano tutti dal Capu, da Corsano, Acquarica, Salve, Presicce.

L'androne della casa di vetro si divideva seguendo un rigoroso ordine geografico: siculi, campani, sardi, lucani, pugliesi. Un disegno sghembo dello stivale italiano.

I calabresi erano fuori, una notte avevano bruciato delle sedie per farsi caldo e avevano riempito di fiamme e fumo il ricovero. Se ne intossicarono parecchi, le donne spensero il piccolo incendio scotendo le coperte e rivoltando i bacili d'acqua piovana per terra. La punta dello stivale sarebbe stata sgomberata. Governo aveva deciso che per colpa di quei tre irresponsabili avrebbero pagato tutti i loro corregionali. Forse era per questo che Governo veniva chiamato Governo, o forse perché era stato il primo italiano a lavorare a ciò che lì chiamavano "ternitti".

Ternitti era la storpiatura della parola Eternit, ternitti venivano chiamate le fabbriche in cui si aveva a che fare con il cemento amianto; in fondo, al Capu, ternitti era sinonimo di tetto, tegola, cemento, e gran parte del materiale usato nei cantieri, anche se amianto non era.

Essere pionieri aveva i suoi lati negativi e i suoi privilegi. Governo era segnato come uno che aveva fatto la guerra, uno che si era preso addosso l'odore della polvere da sparo. Ma erano solo i resti della crocidolite che giorno per giorno insaccava da dieci anni con forca e sacchettoni. Il privilegio era conoscere ogni palmo, ogni persona e ogni regola di quel pezzo d'Italia fuori Italia.

«Qui si sta un po' stretti, ma poi allu ternitti vi daranno la casa.»

«Una casa grande?» fece il piccolo Salvatore, figlio di zio Peppe.

«Una casa di legno vicino alla fabbrica, piccola, ma calda.»

Mimì trascurò il tono squillante di Governo quando sottolineò l'aggettivo "caldo".

La casa di vetro fu la casa di Mimì per l'inverno a venire e il freddo l'accompagnò come una condanna. Le entrava nelle ossa, le bruciava il dorso delle mani, le dita dei piedi si aprivano come frutti maturi. I geloni crescevano sul naso, piccole bolle giallastre piene di sangue che la facevano respirare a fatica. Mamma Rosanna faceva la sarta a cottimo come molte altre donne dentro la fabbrica di vetro; Mimì l'aiutava a lavorare gli orli, a rendere più accogliente il ritorno dei maschi dal ternitti. Anni dopo a Mimì il tempo del vetro sarebbe apparso come un tempo primitivo, in cui gli uomini uscivano per la caccia, ma una caccia primordiale dove ogni giorno si tornava più feriti di prima, con un graffio di bestia, un graffio che nessuno vedeva: era del ternitti, il solco sulla carne che mostra la membrana delle viscere.

Mimì aveva vissuto una lunga e memorabile estate prima di emigrare. Nelle notti gelide e nei lunghi pomeriggi che non trascorrevano mai tornavano come i lampi di un aldilà irraggiungibile il calco degli strapunti caldi e aguzzi della Serra e di Tricase Porto, il profumo, un balsamo pregiato del mare di pomeriggio.

Al ternitti ci lavorava chi era accampato dentro la vetreria, tra cui anche due ragazzotti diciannovenni con un anno di militare alle spalle; uno di loro si era fatto largo nel cuore di Mimì. Lo vedeva tutti i giorni nella moltitudine di teste chine che approdavano sull'ingresso dell'accampamento. Era il più scuro, la pelle da indiano, le veniva davanti, un gelso nero in mezzo a quelli rossi, lo sguardo che si perdeva negli spazi della grande casa, ma lei era ancora minuscola, dai tratti armoniosi, ma troppo piccoli e lontani per essere visibile da un ragazzo, piagata dai geloni e seppellita di stracci per non disperdere il tepore. "Guardami" implorava, ma i suoi occhi la oltrepassavano.

La notte Mimì divideva il letto con mamma Rosanna, e spesso i momenti prima del sonno erano i più belli della giornata, quando il respiro forte, tiepido della madre, ma che a lei appariva rovente, arrivava sulla faccia come un vento di scirocco. Spesso nel cuore della notte, quando i sussulti del sonno allentavano i vestiti, Mimì avvertiva sulle proprie caviglie scoperte il calore e la superficie nuda delle gambe della madre. Quel brano di carne viva, d'un corpo familiare che aveva sempre ignorato, nelle notti d'inverno si levava sull'orizzonte della quotidianità come una conquista. Quel lembo di pelle faceva sorgere in lei un senso di appartenenza, senza una precisa origine, che stava nascosto nelle sue pieghe più segrete. Essere figlia di quel lembo di carne calda le incuteva sicurezza e appagamento.

Mamma Rosanna custodiva ancora l'antico fascino dei vent'anni, un fascino che prendeva forma nei suoi movimenti e nelle espressioni del suo viso lungo e squadrato, come quello delle sante che ornavano le pareti di Santa Sofia: con i visi grandi e il corpo piccolo, ma belli, luminosi, dai tratti disegnati come una tempera leggera su muri di calce e pietra viva.

Di sera veniva fuori puntuale e abbondante la birra. Si trovava facile negli spacci attorno al ternitti, costava poco, gli uomini della fabbrica la bevevano perché «rimette in forza». La birra finiva dentro una rizzola di rame e lì si inzuppava il pane e si faceva cena; invece per i ragazzini c'era l'acqua sale: pane duro ammollato nell'acqua delle fontane e sale marino.

Quando scendeva il buio gli Orlando si riunivano attorno al tavolo, restavano in silenzio, gli sguardi attenti; le voci degli altri angoli dell'Italia arrivavano dal cielo, nell'enorme e brulicante spazio aperto i muri di latta e compensato consentivano solo il pudore e niente più. Nel silenzio arrivavano frasi in dialetti sconosciuti, a volte qualche parola comprensibile, o dei leccesi a loro vicini. Gli Orlando si scambiavano espressioni di intesa, complicità e approvazione. Le loro serate erano così, a voce bassa un commento, un bisbiglio e poi intercettare cosa succedeva nelle altre "case": un sopruso sul nastro trasportatore, un malinteso al negozio alimentare, una drogheria che aveva chiuso, nuovi italiani che arrivavano, un gruppo di ragazzi italiani che erano stati scacciati da un bar per aver parlato ad alta voce. Gli Orlando erano detti gli "scurnusi", i vergognosi, proprio per questa vocazione al silenzio e per la poca confidenza che davano agli estranei.

Qualche volta usciva da chissà dove una damigiana di vino. Un'ampolla di vetro dove veniva custodita una vinaccia rossa che lasciava le pareti del vetro annerite come se vi fosse passata un'onda di inchiostro. Dopo aver bevuto il vino denso come erano densi i vini dei romani, Antonio Orlando si alzava e prendeva Rosanna in disparte, le diceva qualcosa all'orecchio. Tutto si tacitava, gli occhi dei figli puntavano sui genitori, mentre gli altri sguardi si alzavano a seguire un inesistente movimento di insetti notturni, le falene della discrezione.

Il padre di Mimì stringeva al petto Rosanna con le guance rosse, nella luce fioca delle lampadine ronzanti e la baciava, poi la notte Mimì rimaneva nel letto senza il corpo caldo di mamma, ma con quello nervoso e scostante di Biagino.

Ognuno dormiva, ma Mimì no e sentiva il respiro affannoso del padre, provava in un ignoto angolo della propria anima un'inspiegabile forma di disagio.

Le previsioni di Governo non si erano avverate, i pochi giorni nell'accampamento diventarono mesi. Mimì infagottata dentro i pantaloni di fustagno e il lungo maglione, con le mani dietro la schiena appena poggiata solo per darsi una posa, osservava i ragazzi tornare dalla fabbrica e aspettava di essere vista dal suo primo amore non corrisposto. Un giorno, in quella sfilata di uomini con la faccia rossa e gli occhi sempre liquidi come se avessero pianto, c'era Governo. Quando compariva, erano in procinto i cambiamenti: arrivavano famiglie nuove o qualcuno doveva andare via. Dove, chissà.

Erano passati molti mesi e gli Orlando erano rassegnati ad attendere ancora la chimerica casa di legno di cui Governo aveva parlato.

Mimì incrociò lo sguardo scaltro dell'uomo. Avrebbe voluto dire qualcosa, invece chinò la testa.

«Alza gli occhi, Mimì, diventerai 'na bella guagliona da grande...»

Mimì avvampò e si mise dritta come sull'attenti, ma con gli occhi fuggì da quello sguardo arraggiato e pieno di impudenza.

«Che tieni, scuorno dei complimenti, Mimì? Iniziati ad abituare che te ne faranno tanti.»

Governo si fece sempre più vicino, mentre tutti erano andati dentro la vetreria a prendere posto nei loro piccoli spazi; lo sfondo si riempiva di vociare e Governo si accostava come una bestia predatrice, arrivò a un metro, e Mimì non capiva se nel tragitto c'era la minaccia o solo un gesto di innocente e maschile arroganza.

Governo era a pochi centimetri dal viso di Mimì, la faccia dell'uomo le apparve enorme, smisurata, un odore amaro veniva dai suoi vestiti, anni dopo avrebbe saputo che era l'odore dell'amianto bleu che Governo si portava a casa da un decennio. Mimì non sentiva più la forza nelle gambe, come se fossero state avvitate al suolo, voleva fuggire da lì, ma il corpo non obbediva ai suoi desideri. Governo alzò due dita e gliele mise sotto il mento, Mimì avvertì con ribrezzo le dita rugose e fredde, chiuse gli occhi e sentì nell'aria, a voce bassa, le parole di Governo: «Hai anche una bella forza, scappano quando mi avvicino... mica sono così brutto... sarai anche una donna coraggiosa quando crescerai».

C'era un uomo solo sulla passerella, sotto fermentava il cemento e produceva nuvole grigie. Dal sipario di condensa e amianto avanzava a lunghi passi contro le colate. Una volta l'anno dalla passerella volava qualcuno e finiva nell'amianto bleu. Era una corsa rapida, ma pericolosa come solo poche cose. Ogni giorno l'uomo che correva lassù disegnava nell'aria vortici con la pala della molazza e rischiava, ma sapeva che il rischio l'avrebbe salvato dal pericolo: la ripetitività. Non c'è peggior nemico per un uomo sempre sul filo sottile che la ripetitività.

Nel reparto producevano tubi e lastre ondulate di cemento amianto. Il soffitto del capannone era alto, affinché il fumo potesse disperdersi, o almeno desse l'illusione di farlo. Decine di vasche accerchiavano il transetto nel quale lavoravano uno dietro l'altro gli operai formando un carosello di gesti identici. Rastrellare, bagnare, setacciare, spartire e creare cumuli di materiale da plasmare.

In ogni reparto c'era un tipo diverso di amianto, ogni operaio della fabbrica si ritrovava un suo amico-nemico dal nome complicato come crisotilo, amosite e crocidolite. Quest'ultimo, conosciuto anche come amianto bleu, era il più pericoloso. Era usato per le mescole. Era quello che tutti là dentro, almeno per un attimo, avevano respirato e si erano scrollati dalle tute.

Colui che camminava sull'orlo delle vasche e si occupava della mistura si chiamava Ippazio. Nelle vasche d'acqua faceva colare cemento e amianto; lì, a temperature infernali, ogni materiale veniva mischiato con il soprintendere di un supremo ordine regolatore, un ordine regolatore dal nome convincente: Ippazio, appunto, il nome di un dio.

Ippazio era il santo di Tiggiano, un piccolo paese di masserie dorate, protettore dell'ernia e dei coglioni, patrono al quale per voto le donne dei paesi vicini portavano le mutande dei loro mariti.

Lassù – ma poteva essere laggiù per calore, fumigare, odore di viscere terrestri – a qualcuno sembrava che Ippazio preparasse una sorta di grande impasto per una focaccia. Ma il colore e l'odore dell'impasto era insopportabile, pungente, gonfiava le narici ed entrava come aghi invisibili sotto il derma, attraverso le membra fino alla cassa toracica, infine nei polmoni. Un ago per volta. Uno per uno, avendo cura, come ogni male, di essere lento, mascherato e inesorabile.

Il naso alla fine della giornata pareva una bietola, i capillari ribollivano. Fuori, al freddo, il vento lo congestionava, e Ippazio, dio degli inferi, se lo teneva per almeno un'ora tra le mani come se fosse rotto. Si soffiava in un fazzoletto di cotone l'aria che aveva in petto per riscaldare la stoffa e tenerci dentro il naso.

Ippazio ogni giorno lassù portava l'impasto della densità di una crema su dei teli di lino per filtrare l'acqua, il composto poi veniva versato nelle formelle per modellare i tubi e le lastre. Dopo aver deposto il cemento nelle forme, di solito Ippazio iniziava a tossire, una tosse che i primi mesi era solo una tosse da gola secca, ma col tempo diventò roca, con i bronchi sempre pieni di catarro.

«Lat-te, lat-te, trinken latte» gridava una voce dall'intonazione teutonica che si sforzava di declinare il suono dell'italiano, per poi ricominciare a impartire ordini in tedesco. Il capo di Ippazio era un austriaco, un uomo di montagna che aveva iniziato a lavorare nella Svizzera tedesca un paio d'anni prima e si era trovato in fabbrica a comandare un gruppo di italiani che non conoscevano la sua lingua. Forse il più stranito era proprio lui, il signor Thaur come voleva essere chiamato, anzi Herr Thaur, irretito da quei ragni scuri, gli italiani del Sud, da cui sentiva solo parole incomprensibili in un tedesco stropicciato.

Herr Thaur senza un nome, e con un cognome incerto, sovrintendeva alle operazioni di mescola brandendo una piccola vanga che era chiamata la pala della molazza.

Serviva a rifinire le forme che Ippazio e gli altri addetti alla mescola componevano. Herr Thaur con la sua pala sgocciolante camminava sulla pensilina sospesa e pareva un gigante nelle luci metalliche, un mostruoso golem dai tratti umani armato come un fantasma guerriero, sempre più convinto che il suo ruolo in mezzo a quegli italiani avesse profonde e oscure ragioni punitive.

Per mesi Ippazio, ogni giorno, dieci ore consecutive, virava in pochissimo spazio, nei fumi dell'amianto bleu raffreddato nelle vasche: condensa, mistura, setaccio e forma. Certe volte gli scompariva dalla mente che le figure di cemento che scendevano ondulando sul letto delle formine erano amianto. Ippazio, appena maggiorenne, si lasciava portare dall'immaginazione lontano da Zurigo, su una spiaggia di argilla dove poter modellare la crema grigia e maleodorante.

Forme, solo forme, quando Herr Thaur era distante lui disegnava una bocca, due fessure per gli occhi e un buco per il naso, rideva solo e poi con la pala della molazza cancellava tutto con dentro al cuore un naufragio di liberazione.

Dopo un anno di lavoro il fisico di Ippazio era cambiato: lo sviluppo del corpo si era fermato, i muscoli si erano induriti, la resistenza fisica era diminuita. I primi mesi riusciva a setacciare anche trenta, quaranta volte al giorno, col tempo a malapena arrangiava una decina di volte. Il petto gli s'indolenziva e la sera non riusciva a parlare.

Antonio Orlando era stato ai sacchi, per alcuni mesi aveva lavorato coi contenitori di juta riempiendoli di crocidolite, poi era passato ai taglieri ad acqua: lì fendeva con precisione i blocchi di cemento amianto. Operazione che faceva disperdere tantissima polvere; nonostante gli impianti di aspirazione tutte le oltre cento persone addette al reparto, al termine del lavoro, tossivano come flagellate dalla bronchite, con la gola rauca. Solo uno aveva smesso di tossire, ed era Governo, l'unico che conosceva i tempi giusti per dileguarsi da lì. «Muoiono presto solo gli ignoranti!» diceva ogni tanto, lo diceva tra sé, ma con un tono alto, da pazzo, come uno che voleva essere ascoltato e al contempo temuto.

Antonio Orlando portava una volta alla settimana il piccolo Biagio a un calciobalilla non lontano dalla fabbrica, dentro un bar pieno di sbarre. Avvenne per alcuni mesi, ogni sabato la scena era sempre la stessa, identica: Biagio aspettava abbottonato dentro il cappotto di lana sulla soglia della casa di vetro, mano nella mano a Mimì. Quell'ora in cui lui e suo padre si sfidavano nella piattaforma di formica e legno, era l'unico istante della settimana in cui Biagino era felice. Non si sentiva solo, e avvertiva, nelle sagome di plastica che colpivano la pallina bianca, un sentimento consolatorio al quale non riusciva ancora a dare un nome.

Un sabato Antonio Orlando non ce la fece. Risuonò il ferreo rombo di tuono del catenaccio che accompagnava l'uscita degli operai. Qua e là, nella penombra dei corridoi, le silhouette confuse degli inservienti delle pulizie si radunavano, si chinavano schermandosi gli occhi con la mano per distinguere qualcosa in lontananza. Era l'ultimo operaio. Antonio aveva fatto davvero molto tardi. Si tolse la tuta, i pantaloni e la giacca come se fossero stati brandelli del proprio corpo. Sentiva che tutto ciò che restava di lui si stava dissolvendo.

Quando tornò a casa, sulla quinta del suo sguardo c'era un bambino quieto con una ragazzina-donna che lo teneva per mano e aspettava. Ma Antonio non poteva, «Sono molto stanco, stasera andiamo a letto prima».

«Papà, lo porto ieu a Biagino» disse Mimì con la faccia seria.

«Statte do'. Nun fasci nenzi.»

«No, papà, faccio invece, Biagino chi lo tiene. Nun vedi che sto ragazzino è sempre bonu, nun face capricci, ma sta sempre sulu. Facimulo assiri e svariare.»

Il bambino stava in punta di piedi, stringendo le stecche di ferro con le sue piccole mani bianche per lo sforzo, e metà del suo viso era coperta dall'oscurità. Le pupille brillavano, simili a specchi. Dall'altra parte del biliardino c'era Mimì appena flessa, gli occhi scintillavano tra le ciglia quasi bianche, si raddrizzò, si scostò dal viso una ciocca nera con la stessa mano in cui stringeva la pallina, batté sullo spigolo del biliardino e la buttò dentro.

La palla schioccava da una parte e dall'altra. Faceva tanti piccoli scoppiettii e altrettanti scoppiettii facevano le aste che Mimì e Biagino tiravano e giravano.

«Non rullare, non vale!» rimproverò Mimì un paio di volte; il fratello sconclusionato non riusciva a segnare. Lei invece era riuscita per ben tre volte consecutive a fare gol con la sfera anomala, piena di puntine grigie e appiccicose dietro il portiere maneggiato da Biagino.

Sul 5-0 Mimì si piegò davanti alla bocca nera dove riposavano le sfere bianche simili a uova di quaglia, ne scelse una a caso e, dopo averla fatta rintoccare sullo spigolo per farne uscire il tuorlo, la tirò in mezzo al campo. La pallina fece un piccolo rimbalzo davanti ai centrocampisti di Biagino che senza alcun tentennamento lasciò partire una staffilata alle spalle del portiere di Mimì. Gol. Biagio tirò fuori la lingua; sulla punta c'era un frammento di caramella sfavillante, rosso e minuscolo, una bacca di agrifoglio.

La partita finì in pareggio.

Quando Ippazio ebbe il primo stipendio non poteva credere di trovarsi tra le mani così tanti soldi. Con quei soldi a Tricase avrebbe potuto vivere da ricco per mesi. Ma a Zurigo quel denaro bastava a vivere in una casa di legno, una casa di legno che ancora era di vetro.

Anche Ippazio stava lì, nella porzione di vetreria accanto agli Orlando. Era piccola ma accogliente, la sera si mangiavano gallette di grano e conserva di pomodori, legumi in scatola e una volta alla settimana la carne. Il padre di Ippazio aveva l'usanza di accompagnare l'unica sera di carne con un litro di vino. Durante queste cene c'era davvero aria di festa. Ippazio sgranocchiava le gallette e beveva il vino mischiato all'acqua per farselo durare di più, si sentiva rincuorato con il rossore dell'alcol che gli saliva sui capillari sensibili del naso e delle guance. Più lavorava dentro il ternitti e meno reggeva l'alcol, e pensava che forse non era male smettere di bere per lavorare di più.

Una notte Ippazio avvertì delle fitte al naso e raggiunse i gabinetti comuni della vetreria. In fondo alla muraglia di vetro, dove era più freddo, c'erano le latrine degli uomini e, invece, subito accanto alla sua branda c'era il bagno delle donne. Lì, al mattino presto, ancor prima di rendersi conto che fosse l'alba, le donne si schieravano in una fila colorata, avvolte in palandrane di lana e stoffa, con in mano un pezzo di sapone verde.

Fu per pigrizia o forse perché intontito dal sonno che aprì la porta del bagno femminile; davanti ai due lavandini c'era la luce fioca di un fiammifero che si spense lasciando nell'aria buia una scia d'argento.

«Sono l'Ippazio, ho sbagliato, mi scusi...» e iniziò a indietreggiare a tentoni per non cadere o sbattere contro la porta che si era richiusa alle spalle.

Un altro fiammifero illuminò per pochi secondi il viso della figura ignota. Era Mimì, la figlia di Antonio Orlando.

A Ippazio per un attimo apparve molto più grande dell'età che aveva. Una ragazzina dal viso angoloso in cui erano conficcati due occhi guardinghi che perforavano il buio. Nell'ombra sembrò altissima, un aspetto smisurato, il viso rischiarato come un'immagine sacra, un fantasma nell'oscurità.

Nell'aria sentì succhiare il naso e mentre il fiammifero si spegneva, nell'attimo in cui il bagliore tornava a essere tenebra, Ippazio vide la mano di Mimì tenersi il naso.

«Anche a te fa male?»

«Ho i geloni» rispose, e la parola le uscì in un modo comico, come se avesse tenuto in bocca una patata.

Ippazio sorrise, ma Mimì nell'oscurità non poté vederlo. Nell'ombra si sentì una richiesta.

«Accendi un altro fiammifero?»

«Non ne ho più.»

«Peccato.»

«Perché?»

«Eri bella.»

E a Mimì non le pareva vero. Ippazio, il ragazzo che le faceva battere il cuore, l'aveva notata.

Nelle domeniche mattina il fiume Limmat sembrava il tendine di un enorme mammifero, con le sue nodosità e le sue cavità crespe. La nebbia si mangiava i contorni della cortina e oltre il cielo bianco di foschia brillava il sole. Attorno a una delle piazzole vicino al fiume gli italiani si davano appuntamento riunendosi in capannelli che rispecchiavano le stesse e identiche regole che vigevano nella casa di vetro, gli stessi gruppi per regione e per dialetto. L'aria sapeva sempre di tigli, di nafta e di ghiaia umida. Gli Orlando avevano socializzato con i Surano di Presicce, un piccolo paese non distante da Leuca, si raccontavano di lontanissime conoscenze, gente con cui si era andati a fare il tabacco tanti anni prima, vista una sola volta, ma, per la fatica della raccolta, impressa per sempre.

C'era un'orchestrina nei pressi di una piazza vicina a un piccolo bar tedesco che la domenica diventava italiano: per quella giornata i proprietari, originari della Germania orientale, lasciavano in gestione ai due dipendenti italiani il locale; per alcuni si trattava di una ragionevole scelta imprenditoriale, visto che lì la domenica si riunivano i terroni, per altri, più pessimisti, era la prova che in pochi attorno al tendine d'acqua avrebbero voluto avere a che fare con coloro che in Svizzera chiamavano "cingoli".

Il bar somministrava un vino scadente che veniva servito in piccolissimi bicchieri da liquore.

«Questo vino non ha vistu le vigna manco dallu treno» urlava Domenico Zanframundo, detto Mincuccio quattroazero perché, dopo un'insignificante Italia-Lussemburgo terminata con quel punteggio, era andato dall'Herr Thaur di turno a fargli quattro con la mano. Mincuccio era venuto tre anni prima e aveva fatto mille lavori prima di finire anche lui al ternitti.

Zanframundo suonava l'armonica a bocca e tentava di convogliare con le sue note stonate gli occhi su di sé con l'obiettivo di provocare qualche spasmo nelle gambe delle donne. Ma lui era solo un guitto, non il musico della sarabanda domenicale, una sarabanda vociante ma discreta, che si animava quando uno dei due proprietari attaccava un juke-box con poche canzoni italiane, non appena l'orchestrina domenicale cessava le sue marcette: Iva Zanicchi, Ricchi e Poveri, José Feliciano.

Era lì che qualcuno con il Valpolicella in corpo, la faccia arrossata dal vento di fiume e gli occhi briosi da pomeriggio festivo iniziava a muoversi attorno alle ragazze, e fu allora, una domenica di primavera, che Ippazio senza nessuna ragione se non riassaporare l'espressione imbarazzata della ragazza dei fiammiferi, puntò Mimì Orlando.

Ippazio era sempre in coppia con un tale di Castrignano, detto il Vope, faccia da bullo, collo di vitello e occhio fisso su tutte le ragazze come il pesce che gli aveva reso il soprannome. Ippazio non lo perdeva mai di vista, lo lasciò soltanto per Mimì: dopo averla fissata negli occhi le si impalò davanti, i muscoli attorno alla bocca tremavano come se fosse stato in procinto di intonare una canzone, restò per pochi istanti fermo e poi, con le note di *Che sarà* in sottofondo, improvvisò una piccola danza per farla ridere e anche per far sorridere gli Orlando e i Surano che erano ammucchiati su una panchina sotto un olmo.

Ma mentre Ippazio era proprio a due passi da Mimì, impietrita da un misto di timidezza e felicità, e stava per chiederle di ballare assieme a lui la musica si interruppe.

Un silenzio breve, seminato di piccoli rumori distanti, il passaggio di una macchina, il respiro della Limmat, un aereo nel solco celeste.

«Quattroazero, suonaci qualcosa!» gridò qualcuno, e Mincuccio che non aspettava altro si mise a sgranare una melodia napoletana... ma Mimì non c'era più.

Ippazio finì il suo bicchiere di vino. L'unico piacere che si concedeva la domenica. Al riparo dal vento, intorno a un tavolaccio di legno si erano unite assieme decine di sedie e su queste sedie una banda di calabresi. Fra loro c'era uno di quelli che era stato cacciato dalla casa di vetro: era torvo, con la faccia rossa e il naso rincagnato. Guardava nella direzione di Ippazio con occhio minaccioso. Il juke-box era nei loro paraggi, emanava note e scintille azzurre, qualcuno al centro della piazzetta ballava. Una coppia giovane si baciava, erano un italiano e una straniera, un bacio lungo, interminabile, un bacio spaventoso che richiamava l'attenzione della gente. Quando partì il ritornello i ragazzi calabresi attaccarono un coro stonato. Ippazio avrebbe voluto unirsi a loro, ma lo sguardo pieno di minaccia lo teneva a distanza, e quando la musica finì vide alzarsi il torvo. Era un omuncolo, la testa tonda, da vicino si poteva notare un rado baffetto. Puntò dritto Ippazio schiacciando i talloni in modo solenne come in una marcia.

«Mi offri un giro?»

«Non ti conosco.»

«Mi chiamo Giacomo e mi offri un giro.»

«Non ho soldi, mi dispiace.»

«Chiedi ai tuoi amici» gli disse il torvo.

«Guarda che gli amici ce li hai tu. Qui con me non c'è nessuno.»

«Hai visto che oggi qui ci sono più calabresi che italiani?»

«Non lo sapevo.»

«Lo sai, è per questo che ci stai a guardare.»

«No, non vi stavo guardando.»

«Cos'hai da guardare?»

«Vuoi mettermi nei guai?»

«Voglio sapere perché un italiano guarda un calabrese.»

«Stavo per i fatti miei.»

«Sì, non negare con me, lo so perché ci guardavi, razza di coglione. Ci hanno mandato via dalla vostra casa di merda, ma adesso stiamo meglio di prima.»

«E allora offrimelo tu un giro» disse Ippazio, ma gli venne un tono docile, non era stato acido come voleva.

«Sei un cacasotto.»

«Non ho capito.»

«Hai paura di me.»

«Ho paura di dartele.»

«Che dici, perché non ci provi?» e il torvo si fece sotto. Il Vope aveva seguito la scena e si avvicinò, assieme a lui vennero Governo e altra gente.

Ippazio si alzò in piedi.

«Hai troppo vino in corpo, Giacomo.»

«E tu hai troppa faccia tosta, nessuno mi guarda così.»

Ippazio capì che era meglio non dargli pretesti ulteriori per essere attaccato e girò le spalle.

Giacomo lo tirò per un braccio e gli gridò: «Codardo». Ippazio si voltò all'improvviso e, come se il corpo si fosse distaccato dalla volontà, le dita della mano si chiusero a pugno, una forza antica, senza origine crebbe nei muscoli, e da sopra a sotto, nella perfetta antiparabola di un gancio, le nocche chiuse a pugno colpirono Giacomo.

L'attaccabrighe cadde a terra, sembrava morto. I calabresi si avvicinarono con le rughe della minaccia sul volto. Governo si frappose: «È una questione tra loro due. Chi si mette in mezzo domani lo facciamo salire sul treno».

Giacomo fece uno scatto come una lucertola senza coda e lanciò del brecciolino negli occhi di Ippazio, ma lui lo evitò e gli diede due calci nell'incavo del ginocchio per farlo sedere di nuovo. Ippazio si accorse di quanto l'altro fosse ubriaco, e come era stato facile stenderlo. Dentro di sé avvertì salire da spazi sconosciuti il panico per ciò che aveva fatto.

La camerata si era svuotata, alcuni erano tornati giù in Italia e le nuove famiglie sarebbero arrivate dopo l'estate, altri avevano trovato un'abitazione. Gli Orlando restavano nel piccolo gruppo di accampati nella vetreria.

«Non ti sei fatta grande per dormire con me?» le aveva detto un giorno mamma Rosanna.

Mimì affondava nella branda come in una culla di bambagia, a volte fingeva di nuotare, altre volte si metteva con la pancia in su e guardava il soffitto rischiarato dalle luci timide della sera zurighese, lontani bagliori dei quartieri circostanti la vetreria arrivavano come una nuvola cianotica che faceva intravedere i contorni del tetto, e la distanza le appariva sconfinata. Le venivano le vertigini, e per le vertigini il sonno rimaneva discosto, un cruccio martellante nella notte che finiva solo quando entrava l'argento dell'aurora.

Un giorno zio Peppe si presentò con una faccia che non era la sua, le rughe di una contentezza mai vista. I Barletta lasciavano una casa, una delle foresterie per gli operai, c'era anche il parquet per terra, due stanze e un bagno, il riscaldamento e l'acqua corrente.

Attorno a zio Peppe si creò un capannello, lui era fiero e almanaccava su possibili scenari nell'immediato.

«Non spetta a voi» lo gelò Governo.

«Spettava ai Surano, ma loro tra un mese tornano giù, hanno detto che la prendiamo noi.»

«C'è chi sta prima di voi.»

«Ma la casa sarebbe stata dei Surano!» e gli occhi di Peppe diventarono rossi come quando tornava da lu ternitti.

«C'è una prassi e questa qui la fa rispettare Governo, poi dicono che gli italiani fanno di testa loro.»

«Lascia perdere, Peppe, abbiamo resistito questi mesi resisteremo ancora un po'...» disse conciliante Antonio Orlando.

«Resisti tu ancora un po', io non ci sto più a vivere come bestie qui, è 'na vita questa, dimme tia, è 'na vita, pare che stiamo in guerra» rispose rassegnato Peppe.

Fu ancora una notte senza sonno per Mimì, ma priva d'angoscia: aveva in mano una scatola di fiammiferi e li avrebbe usati tutti pur di restare lontano dal letto freddo. Si alzò e iniziò a seguire i rumori dello scarico notturno che venivano dal bagno, l'appuntamento con Ippazio era lì, questa volta c'era lui con una piccola torcia accesa; la ragazza dei fiammiferi camminava lenta e col cuore che batteva, allungò la mano e trovò le dita lunghe del suo principe indiano. Si sentì tirare da quelle dita e le avrebbe seguite ovunque; dopo pochi passi si ritrovò stesa sulle coperte della branda di Ippazio che le teneva la mano sulla bocca, «Mi raccomando che c'è lo stronzo di Castrignano che ha il sonno leggero».

Erano nel letto e si tenevano vicini senza osarsi baciare, ma solo mano nella mano, Mimì avvertì il corpo duro di Ippazio. Sentì provenire da una zona insondabile il desiderio trascinante di mettergli una mano sul petto o sulla schiena e forse lo stesso desiderio, con lo stesso trascinante trasporto, lo sentiva anche lui. Ma la notte passò, in una distesa di gesti mancati, in una semplice ma memorabile stretta di mano, un intreccio di nocche, dita e pelle che fu la prima notte d'amore di Ippazio e Mimì.

«Pati» lo chiamò. Come veniva chiamato il santo a Tiggiano.

«Mimì, chiamami così solo quando siamo noi due.»

Le notti diventarono il momento più bello degli anni del vetro, Mimì non vedeva l'ora che arrivasse la sera, si metteva a letto per prima e aspettava che il respiro dei familiari diventasse pesante. Quando ormai ognuno era lontano, tra le colline pacificate di Morfeo, Mimì scendeva per terra e correva nel letto di Ippazio dove rimaneva a vegliare il suo uomo, ma senza mai andare oltre l'intreccio di dita o qualche timidissima carezza, che ogni volta veniva accompagnata da una vibrazione, una cordigliera di brividi che partivano dal tallone e risalivano per le gambe, la schiena e il collo.

Il suonatore di armonica a bocca Mincuccio quattroazero, che nel sonno continuava a suonare, diede un urlo forte che lo sentirono in tutta la camerata: «Fate una quadriglia, mettetevi a cerchio!». Stava per scendere dal letto, poi si avvitò su se stesso e andò con la testa dove teneva i piedi e con i piedi sul cuscino, dopo di che si addormentò e ricominciò a russare.

Qualcuno alzò gli occhi nel buio della camerata di Ippazio, Mimì era voltata verso l'oscurità e vide le fessure bianche d'un fantasma: era soltanto il Vope, il pesce dei fondali che dormiva appena, o faceva finta, e che vide Ippazio e Mimì stretti come un'unica creatura, una felice e splendida creatura.

Fu così per qualche giorno.

A sera inoltrata scendeva il buio bianco delle masse che dormono sotto un solo tetto. I respiri grevi, le note delle gole russanti e qualche bisbiglio. Nel buio bianco Pati e Mimì facevano un gioco, si tastavano il viso, si cercavano come se le loro guance, il naso, la fronte fossero fatti di una pasta morbida da modellare. Quando si stufavano di modellarsi la faccia Mimì estraeva con un movimento furtivo da prestigiatrice una scatola di fiammiferi e se ne accendeva uno sotto il mento, poi un altro lo avvicinava alle labbra, poi alle nari e sin sulla fronte. Per ogni fiammifero un dettaglio, pochi secondi che tramutavano la fiammella in una scia argentata di fumo, ogni minuscola fonte di luce cambiava i contorni del viso, in un gioco di luci e penombre. Dietro le fiamme di un misero fiammifero si deturpavano la faccia con smorfie beffarde o ghigni protratti, si facevano boccacce e si tiravano gli occhi con gli indici. Era una concessione a un'infanzia lontana che l'amore tirava fuori prepotente.

Un mezzogiorno di vento davanti al ternitti. Un ragazzino intabarrato in un cappotto e la sciarpa sulla faccia attendeva con una bottiglia di latte tra le mani.

«Biagino, cia ci fasci?» disse il Vope con le mani che si muovevano nel vento cercando di riscaldarsi.

«Porto il latte a papà.»

«Ancora con sta storia du latte, non serve a niente Biagino, dillo a mamma, meglio una birra, la vuoi la birra?»

«Non posso bere birra e neanche papà può quando è giorno.»

«Veni con mia Biagino, hai mai assaggiato la birra?»

«No.»

«È bianca come il latte e poi diventa gialla come l'oro, e sai che viene dopo, Biagino?»

«No.»

«La felicità.»

Mamma Rosanna era fuori di sé e urlava in direzione del Vope davanti a Ippazio; Biagino rosso in faccia sedeva stordito a un tavolo singhiozzando come un ubriacone.

«Hai fatto bere a nu piccino la birra, tu si paccio, si nu criminale.»

«Signora, il bambino non è un bambino, alla sua età

io lavoravo e mi facevo il vincotto per stare sotto il sole ad aiutare sirma.»

«Sono cambiati i tempi, Biagino studia, mica è bestia come a tia.»

«A che ci serve studiare?»

«A non essere bestie, non voglio figli bestie, non voglio figli come a tia» disse Rosanna puntando il dito.

«E manco io voglio na figlia come i toi, ca vanno la notte intru i letti dei maschi.»

«Cia disci?»

«Guardateve alla Mimì, nun fate lezioni.»

Rosanna andò via lanciando al Vope un altro rimprovero, ma meno convinto, l'accusa l'aveva ferita. Anche se falsa, infondata, che solo qualcuno lo avesse pensato di Mimì le parve tremendo e doloroso.

Nelle notti che seguirono Mimì si accorse che qualcosa era cambiato, non sentiva più il respiro profondo dei suoi. Mamma Rosanna restava desta, o in un protratto stato di veglia tra sonno e concentrazione; ma Mimì non poteva più aspettare, sentiva le cellule del proprio corpo muoversi verso Ippazio, verso una notte, un'altra notte ancora con lui.

Si torse lenta cercando di non far dondolare le molle, poi mise le gambe per terra, il busto ancora nel letto, faceva tutto questo scivolando; con lo sguardo diede un'occhiata, ma il buio era pesto e non poté vedere Biagino che la implorava con gli occhi. Mimì uscì dalla camerata degli Orlando, Biagino tossì, ma lei era già sgusciata via.

Pati era lì, dove lei se lo aspettava. Le disse «amoremio», come un'unica parola. «Amoremio amoremio.» Mimì annusò a lungo l'odore amaro del suo ragazzo. "Il mio ragazzo" pensava e si convinceva. Poi nell'oscurità sentì le labbra fredde sulle sue, una pellicola calda e granulosa come la buccia d'un frutto cotto che faceva capolino, strinse i denti e non fece entrare la lingua, ma tenne le labbra aperte portandosi in bocca il sapore di Ippazio, il suo primo bacio.

Al mattino presto non c'erano state avvisaglie: mamma Rosanna non aveva fatto particolari appunti nonostante Mimì fosse stata molto distratta e avesse svolto con insolita svagatezza le faccende che le erano state commissionate.

Per diverse ore, il bacio le aveva riempito le vene, Mimì camminava con la testa alta e i piedi sollevati dal suolo, marciava tenendo alte le ginocchia. Improvvisava piccoli dialoghi d'amore con Ippazio e tra questi anche inutili colloqui domestici, come se già fosse il suo sposo, il suo grande sposo bruno.

La camerata si svuotò e rimasero poche persone, rare figure sparse come in un presepe in via di sfaldamento nei giorni successivi all'Epifania. Due donne, un bambino e una piccola stufa, là sopra alcuni vestiti umidi emanavano un vapore da brace.

In un clima di pace e smobilitazione, con un silenzio rotto soltanto dai rumori delle motrici elettriche che fuori rullavano, Mimì girovagava attorno al tavolo come un essere pazzo, una farfalla notturna che ritrova un raggio di luce fioca; fu lì, mentre era in balia dei suoi pensieri più lieti e nascosti, mentre passava, per l'ennesima volta nella mattinata, uno strofinaccio sul bordo seghettato del tavolo in formica, che vide farsi innanzi Rosanna. Enorme, ma rapido come un vento che arriva dalle fessure e pesante come una caduta, arrivò un rovescio, uno schiaffo col dorso e poi un altro dal lato ancora freddo; due colpi terribili, l'uno dall'alto verso il basso e l'altro dal basso verso l'alto come per rimettere in sesto le cose. Rosanna non disse nulla e tornò su una sedia avvolta da una copertura di stoffa dove riprese a ricamare come se niente fosse.

La faccia bruciava ancora, ma non era per gli schiaffi, la mano grave aveva lasciato un altro segno dentro Mimì, che avvertì il disegno di un'ingiustizia intollerabile, qualcosa che fino a quel momento le era apparso impossibile: aveva sempre pensato che nessuno al mondo era capace davvero di fare del male, che sotto c'era sempre qualcosa che poteva essere salvato e salvare l'uomo. Questa certezza non esisteva più e Mimì aveva avuto quella rivelazione dall'essere più mite che avesse conosciuto sino ad allora, sua madre, la donna con la quale aveva dormito stretta e felice, per un intero inverno, un inverno sconosciuto e rigido, l'inverno più difficile della sua vita. Ma mamma Rosanna lo sapeva, aveva capito che lei era felice e l'aveva punita per la sua felicità?

La sera passò senza pensare a Ippazio, e a tenere fermo nella gola il pianto.

Governo molto spesso aveva simili uscite: per marcare il territorio, tale e quale a una bestia che protegge il suo spazio vitale, tracciava un confine. Non oltrepassare, linea di pericolo. Il lavoro lassù non era che una guerra e lui teneva il filo delle retrovie, pietà per chi ogni tanto raggiungeva il suo rifugio, ma attenzione a non pestargli i piedi.

Erano due giorni che Antonio Orlando non trascinava i sacchi, un caporeparto aveva segnalato l'anomalia a Governo.

Nello spogliatoio quando ci si toglieva la tuta a fine giornata regnava il silenzio. La stanchezza si era portata via ogni voglia di ciarlare. Governo era l'unico che rompeva l'atmosfera taciturna; e, se era possibile, quando lui parlava il silenzio accresceva perché ciò che aveva da dire interessava tutti. Da lui si sarebbe saputo ciò che gli svizzeri pensavano degli italiani e se i capi erano soddisfatti del lavoro.

C'erano tutti i salentini a raccolta, c'erano Ippazio e il Vope in piedi, ritti davanti a Governo. Antonio Orlando era seduto con la testa piegata.

«Antonio, mi hanno detto che non stai facendo il tuo.»

«Non è vero.»

«È tutto quello che mi sai dire? I sacchi stanno dove stavano ieri.»

«Non è vero che non li trascino. Ne trascino solo un po' meno.»

«Poi ci dicono che noi italiani...»

«Ma io sono malato, Governo nun vedi che tossisco? Da dieci giorni non mi passa, stu cazzo di influenza.»

«Antonio abbassa la voce e non urlare e cercati qualcuno che ti aiuti a trascinare i sacchi altrimenti ti mandiamo via.»

Antonio alzò la testa e sgranò gli occhi, non aveva capito la minaccia di Governo.

«Ti mandiamo via prima dalla casa e poi dalla fabbrica, sai cosa è peggio.»

Ippazio e il Vope si guardarono. Nessuno intervenne, nessuno sembrava aver sentito ciò che Governo aveva detto ad Antonio. Poi Governo si rivolse a loro.

«Voi siete ragazzi, queste cose non le capite, però se qui qualcuno è fiacco torniamo tutti a casa senza stipendio. Lo sapete?»

«Tu si nu fiaccu» disse Antonio e neanche lui seppe da dove gli era venuta quella frase.

«Antonio, a me dici?»

Antonio restò muto.

«Antonio, dico a te, ripeti quello che mi hai detto, fiaccu? Ma come cazzo parli. Parlami in italiano. Fiacco a me non lo dice nessuno.»

Governo tirò una manata sul muro coprendo con il braccio la testa di Antonio. Se fosse stato in piedi lo avrebbe colpito.

«Antonio sei vecchio e non hai ancora capito come vanno le cose? Lavori e citto.»

Antonio Orlando fece tesoro di ogni residua riserva di pazienza, sospirò, voleva asciugarsi il naso che sentiva colare, la tosse saliva, ma cercò con ogni forza di tenere tutto dentro.

«E voi, che siete leccesi come a questo, lo aiutate finché non guarisce?» domandò Governo rivolto a Ipazio e al Vope.

Restarono zitti.

«Allora, nessuno di voi due?»

«Domattina vengo prima e li trascino io.»

«Alle sette.»

«Pure alle sei.»

«Alle sei dormiamo, scemo. Sei proprio... come dite voi, vagnune?»

«Non siamo vagnune, siamo uomini» disse Antonio alzandosi verso Governo.

La luce si spense e tutti furono fuori. Chi aveva parlato e il giorno dopo avrebbe trascinato i sacchi era il Vope.

Ippazio non aveva aperto bocca.

Ciò che accadde l'ultima nottata prima che gli Orlando lasciassero la vetreria è assegnato a un luogo perduto, distante, un luogo tra sogno e miraggio, che inizia con i contorni nebbiosi dei sogni e termina nei lembi sudati delle coperte dopo un incubo. La camerata era ormai vuota, la vetreria pronta a essere sgomberata per sempre, rasa al suolo per lasciare spazio a un residence. Erano pochissimi gli uomini rimasti. C'era Ippazio, solo questo importava a Mimì. Il sonno dei suoi cari era tornato pesante, a Ippazio non aveva mai detto perché non lo andava più a trovare. Del bacio indimenticabile era rimasta l'emozione provata gli attimi prima di posare le labbra sulle labbra di lui. L'allegria di un presentimento.

Fu al ritmo di un presentimento che Mimì danzò fino al vecchio letto dove dormiva Ippazio, che però non c'era. Dov'era? Forse in bagno, ma non avrebbe trovato la sua ninfa con i fiammiferi in mano, perché la ninfa era lì... Mimì non pensò molto al da farsi e si infilò nelle coperte.

Trascorsero pochi minuti, ma minuti che parvero un tempo sconfinato, subentrò anche un senso di terrore che poi passò non appena sentì dei passi alla testa del letto. Mimì sgranò gli occhi, ma il buio le diede solo un'ombra maschile, un'ombra che poteva essere Ippazio, non ne era certa.

«Ippazio?» sussurrò con una voce tremante, scossa dal desiderio, ma anche dallo spavento.

«Sono io.» Ma non era la sua voce, poteva essere di chiunque, di una donna, di un vecchio, di un morto.

«Ippazio, sei tu?»

«Sono io, amore.» E quando sentì la parola "amore" avvertì nella carne le tagliole appuntite di una trappola.

Passarono pochi secondi, un tempo sufficiente soltanto a legare la parola "sopravvivenza" alla parola "impulso", nessuna ragione, nessun pensiero, nessun vaglio delle proprie azioni, ma solo l'abisso che nascondono gli animali selvatici, l'indole che abitava Mimì. Una notte, da piccola, per farle sconfiggere la paura del buio il padre l'aveva portata in una pineta vicino al mare: di giorno era ospitale e attraversata dall'armonia delle cicale, di notte diventava impervia, la luna la riempiva di un balenio obliquo e filtrava dalle fessure delle colline petrose che finivano in mare. La luce allungava i pini trasformandoli in fantasmi sfuggenti. Il padre l'aveva lasciata sola per una decina di minuti. Ma Mimì non aveva paura del buio, il nero della notte le era amico e lei finalmente poteva manifestare la sua vera natura, lunare e restia, nel non dare conto a nessuno se non ai propri spettri. Quella notte non pianse, ma tremò con brividi che venivano da un mondo lontano, eppure riconosciuto, come se fosse sempre appartenuto alla sua anima.

La memoria della notte in pineta, con l'aria salmastra che spirava dal mare salendo come fumo, si condensò nella vocazione, la vocazione che la stava salvando.

«Mimì, sono io» disse ancora la voce nel buio. Ma Mimì si sentì tirare dai suoi fantasmi che tornarono dalla notte in pineta e dalle sue mattine solitarie e, come se fosse stata un pupazzo di stracci, finì con una movenza ovattata, di una preda notturna, sotto il letto e iniziò a rintanarsi lontano dalla voce. Si sentì sicura e riparata mentre l'uomo che si spacciava per Ippazio passava la mano sul letto vuoto, ma ancora caldo. Mimì sapeva che il rifugio sarebbe durato poco: in una tana, per restare nascosti, ci deve essere un'armonia tra le sue mura e le tue forme, tra il suo focolare e la tua anima. Mimì aderì il più possibile alla tana, si fece piccola, si incastrò nelle gambe della branda verso il muro. Sentì i ganci di metallo della rete che le lambivano la pelle, si stava graffiando, ma non poteva spostarsi, non poteva respirare, non poteva neanche piangere, e non poteva fare altro che stringere le labbra mentre le punte fredde del letto si conficcavano nella sua pelle.

Sentì un'altra voce.

«Giacomo, nun ci sta nisciuno qui.»

«C'era la puttanellina di Ippazio, deve stare qui.»

«Annamo, annamo, che lu Governo ha chiamato quelli di fuori, l'ho visto.»

«Voglio la puttanellina. Nessuno tocca Giacomo Marra. A Ippazio devo rendere il favore.»

Mimì si indurì tra terrore e adrenalina, i suoi fantasmi l'avrebbero protetta ancora un po', finché Ippazio non fosse tornato, finché Ippazio non l'avesse salvata.

«So dove sei, puttanellina!» e quando disse così, il ragazzo si lanciò sul letto con tutta la sua forza per far pesare la rete, il letto rinculò, si piegò come una pancia e fece una curva perfetta, Mimì si sentì perforare la pelle dalle punte della rete, ma riuscì a seguire l'onda uncinata del letto, a prendere la posa precisa, strinse i denti, le lacrime le riempirono gli occhi. Giacomo iniziò a muoversi sopra il materasso, e a gridare come se fosse ubriaco: «Sta qui la puttanellina, sta qui».

E mentre gridava, decine di rumori si levarono improvvisi, un fracasso di gallette e scodelle di latta, la luce di tante torce si alzò nell'aria vibrando. Il peso sulla schiena di Mimì di colpo scomparve, si sentì un rantolo, poi come un tramestio di pelle sulla pelle, di ossa che scricchiolavano, di bocche imbavagliate, di corpi che si trascinavano; le luci si muovevano nello spiraglio su cui Mimì aveva gli occhi puntati. Sembravano i lumi di una fiaccolata durante le processioni d'inverno, quando la tramontana muove le fiamme e illumina con barbagli terremotati le facce dei fedeli.

Poi finirono i rumori e tornò il buio. La notte si sgranò, il letto tornò freddo, e freddo era il pavimento sul quale Mimì si appoggiò per sentire la voce che veniva dal centro della Terra, con l'orecchio teso, era certa: era la voce delle madri, era la voce degli antenati che le avevano recato in dono la salvezza.

1993
Sale

"Lo scoglio non appartiene all'uomo moderno." Questo pensava Federico sul parapetto bianco del Ciolo, l'enorme e profonda gola piantata nella costa adriatica vicino a Leuca. Il Ciolo è un dirupo grigio e sottile, incorniciato dagli speroni appuntiti e dai fichi d'India.

Federico scese per il sentiero di scoglio, secco, aguzzo e bollente, ma con i piedi scalzi. Federico veniva da Corsano, il paese dei "carcagni tusti", calcagni modellati e ruvidi come la pietra pomice, induriti di generazione in generazione sin dai tempi del contrabbando del sale.

Federico scendeva a falcate rallentate e lunghe simile a un gatto nella notte. Volò da venti metri nel mare riccio e blu, sparì in un bocciolo di schiuma bianca, riemerse e gridò di felicità.

Paolo era invece stretto sugli argini del sentiero e scendeva a passi aderenti con le scarpe gommate da scoglio, avvolte come una guaina al piede che era come non averle. Sentiva la pietra dura e infuocata ribollirgli sotto la pianta sudata dalla gomma sottile e scivolosa. Lo svizzero non si sarebbe mai tuffato dal trampolino naturale su cui si era inerpicato Federico, ma avrebbe raggiunto l'ansa dell'insenatura dove il mare non batteva e dove gli scogli erano più lisci. Da lì scendevano pure i bambini. Solo i bambini. Paolo arrivò nell'acqua di spalla, schiaffeggiò la superficie marina con il dorso e fece esplodere il mare.

Paolo e Federico finirono uno di fronte all'altro, ma non si guardavano in faccia. Avevano gli occhi al cielo, o meglio, gli occhi erano puntati in alto, verso l'argine est del Ciolo dove oscillavano le siepi di lavanda. Era da lì che scendeva Arianna. «Sono cieca!» strillava gesticolando con le mani. Arianna aveva un portamento da diva perché in testa aveva una cuffia dorata che affusolava la figura. Si tuffò dallo scoglio più affollato e nuotò con bracciate vigorose verso i due amici. «La cuffia!» le gridarono battendo le mani sul mare e spaventando tutti i bagnanti. Si strinsero in un cerchio, si guardarono, si videro bellissimi così bagnati con le loro goffaggini e le loro confidenze. Pensarono, nell'odore della salsedine e della lavanda marina tra i rostri scoscesi della gola, di non essere mai stati così felici.

Una donna in sandali rossi e pareo di mussolina passeggiava sul marciapiede del viadotto, il ponte ferroso che teneva insieme i due pezzi di scogliera, il sud e il nord, le propaggini dell'Adriatico e dello Ionio. Da lassù si ammirava il panorama e la donna, dritta con le gambe nervose e gli occhi strizzati dal sole, gli occhiali sulla testa tenuti con due dita, cercava di riconoscere i minuscoli puntini nel mare che erano diventati Paolo, Federico e Arianna.

Arianna alzò la testa e nella piccola folla sul belvedere del viadotto vide la donna dai sandali rossi, che li salutava oscillando la mano aperta.

«Mamma!» urlò, «scendi anche tu, qui è un brodo!»

Mimì Orlando scosse la testa, distese un sorriso che da giù nessuno poteva indovinare, poi voltò le spalle e tornò al bar del faraglione, si sedette sul parapetto liscio dove qualcuno si era steso a prendere il sole e iniziò ad aspettare che i tre tornassero su. Erano trascorsi sedici anni da quando Arianna era nata in un rigido dicembre zurighese.

Una vita fa, eppure Mimì era ancora una ragazza, bella, segnata da piccole rughe sulla fronte e due fossette larghe attorno alle labbra, qualcuno le avrebbe dato qualche anno in più, ma la pelle delle sue gambe era liscia e dura come un brunellone acerbo, come chiamano le susine selvatiche del Capo. Gli uomini che sostavano davanti al bancone in legno fingevano di perdere il loro sguardo nella coltre dei fichi d'India alle spalle del parapetto, dove le ovali palette verdi si abbarbicavano una sull'altra come origami e proiettavano curiose forme sul bianco dei muretti a calce. Ma pochi coglievano lo spettacolo naturale: tutti guardavano una statua di muscoli e nervi avvitata sul muro, tutti guardavano Mimì e la sua posa, il suo collo attorcigliato con le pieghe che seguivano le linee ortogonali di un sole estivo, le gambe intrecciate e umettate da strisce di sudore, la controluce di un'apparizione.

Mimì era tornata a Tricase dopo i due anni trascorsi in Svizzera, viveva in una frazione chiamata Lucugnano, un luogo di iusi bianchi in mezzo a una rada di ulivi e grano. Lì, al centro del paesino, c'era una grande biblioteca e dentro il fantasma d'un poeta chiamato Girolamo Comi, uno dei tanti spettri con cui Mimì si intratteneva.

Una volta l'anno, in occasione di Sant'Antonio Abate, due settimane prima dei giorni della merla, alzavano un'enorme fascina di legno nello spiazzo del centro e accendevano un rogo come buon auspicio per l'anno a venire, per tenere lontani i malefici e ingraziarsi i santi. Spesso in quei quindici anni da quando era tornata dalla Svizzera, Mimì si era ritrovata ad ammirare lo spettacolo maestoso con gli occhi liquidi e felici, ed era uno dei pochi momenti in cui si sentiva paga. Nelle notti d'inverno, profumate di camino e con le fascine d'olivo che scoppiettavano nel fuoco, Mimì raggiungeva la piazza dove ardeva la pira votiva. Arianna l'aveva sempre accompagnata ed entrambe, in modi diversi, si emozionavano davanti al tepore e alle fiamme che illuminavano come luci aliene il paese.

Una notte di alcuni anni prima c'era stata anche nonna Rosanna, quando ancora il freddo non le pungeva le ossa e poteva stare le sere d'inverno fuori casa. Il rogo prendeva il disegno di una grande tempera rossa e arancio, le lingue di fuoco si allungavano come un elastico e le tre donne Orlando si strinsero addosso, Arianna e Rosanna cercarono nel centro Mimì che si muoveva seguendo una musica che ascoltava solo lei.

«Ci teni friddu?» domandò Rosanna.

«No, mama, vogghio ballare e fare fanoia. Fascimu festa al santo.»

Mimì avvertiva nel crepitare delle vampe un suono, e il suono non era solo il legname che si carbonizzava e si sperdeva colorando con una scia grigia il cielo nero, ma erano le note di un pentagramma che l'accendeva e la possedeva. Solo lei.

Arianna aveva sulla sua carta d'identità lo stesso natale di numerosi coetanei e conterranei: Zurigo. La sua pelle era pallida, i suoi occhi color argilla, i capelli castani, eppure tutte le tonalità del suo corpo cambiavano con l'estate diventando più chiare: i capelli color frumento, gli occhi assomigliavano al verde marino di certe mattine di sole, la pelle, invece, al caffelatte.

A soli dieci anni aveva cominciato a lavorare in un chiosco di amici vicino al mare di Tricase Porto, tra i piccoli pescherecci che salpavano per la cattura delle triglie, e trascorreva le sue estati crescendo con due bambini sradicati quanto lei, Paolo e Federico.

Paolo era scarno e bianchiccio. Era svizzero davvero e in ogni paese del Capo c'erano ragazzi chiamati "svizzeri". Erano i figli dei padri che erano rimasti dietro le Alpi, si erano sposati ragazze straniere e mandavano i propri figli maschi a farsi l'aria buona sul mare cobalto del Capo.

Federico era il figlio del Vope, l'uomo che anni prima controllava i sonni di Pati e Mimì. Col padre e la madre si era trasferito a Corsano, il piccolo paese delle calze e delle biciclette vicino Tricase. Robusto e più grande dell'età che aveva, nero, bruciato dal sole anche durante l'inverno.

Federico e Paolo in bicicletta raggiungevano tutti i giorni dell'estate il chiosco dove Arianna lavorava. Percorrevano le discese sollevando le mani dal manubrio, lanciati contro l'orizzonte blu, poi raggiungevano i grandi frangiflutti a forma di chiodo a tre punte e da lì volavano in mare. Quando Arianna terminava il suo turno di lavoro, andavano al viadotto del Ciolo per fare i tuffi alti.

Le rare volte che veniva Mimì, per Federico e Paolo era festa. Mimì li portava al bar, offriva un gelato e poi pagava i gettoni per una partita a calciobalilla.

Anche quel giorno era accaduto che tutti e quattro si erano ritrovati attorno al tavolo da gioco per un turno di biliardino.

Le aste scintillavano, gli omini di plastica rossa e blu screziati di macchie nere erano in attesa di essere manovrati, il prato verde di formica sconnesso dal sole sfavillava.

«Arianna, tu giochi assieme a me» disse assertiva Mimì che in tutti quegli anni aveva sempre preso posto accanto a Paolo.

«Ma Paolo e Federico insieme sono fortissimi» obiettò Arianna mentre scuoteva in aria la cuffia che poco prima aveva indossato durante il tuffo.

«E io sono più forte di loro» fece Mimì sicura di sé.

Paolo e Federico, ancora bagnati per l'immersione, assistevano distanti alla discussione tra madre e figlia su come si sarebbero dovute formare le squadre. Paolo si sforzava di stare dritto con la pancia in dentro, da bambino era stato mandato a nuoto perché affetto dalle scapole alate, ma a lui quella deformazione non era mai apparsa granché discriminante, spesso allo specchio si guardava e muoveva nervoso le ossa che uscivano dalla spalla. Sembravano le cartilagini di un angelo lattante che doveva farsi, ma che era destinato a un brillante destino celeste.

«Quanto è bona la madre di Arianna» disse spiccio Federico toccando la spalla gracile di Paolo.

«Non è bona, è bella.»

«Comunque me la farei mille volte.»

«Preferisco la Arianna.»

«Nun capisci nenzi Paolo, Mimì è donna, Arianna è piccina.»

«È bona pure mo.»

«Io non me le cresco, le voglio cresciute. E la madre di Arianna secondo me se ne è cresciuti parecchi qui.»

Ma mentre Federico parlava così sorrideva alla figlia e non alla madre.

«Per me per me per me» cantilenava Arianna oscillando il pugno chiuso davanti a Federico che faceva altrettanto. Passarono pochi secondi e scesero le mani per incrociarsi con i numeri.

«Tre.»

«Due.»

«Fa cinque. Uno, due, tre, quattro, cinque, la palla a noi.»

Mimì inserì il gettone e tirò a sé la leva. Scesero con uno scroscio le palline bianche.

Arianna le contò.

«Sono nove.»

«Non c'è pareggio!» esclamò convinta Mimì.

«Allu pareggio pensa signora!?»

«Chiamami Mimì, Federico, e apri gli occhi.» E nel viso le passò un'ombra diversa dal solito, il segno ammonitore che per tutta la durata della partita lei non era più la disponibile e gentile madre della loro compagna, ma una nemica.

I giocatori presero posizione, Mimì scelse con cura la prima pallina, la strinse tra il pollice e l'indice come se fosse stata di gomma, la batté sullo spigolo e la lanciò.

Mimì teneva le aste del centrocampo e dell'attacco, appena la palla finiva dalle parti dell'attacco avversario Federico se ne impadroniva, mirava, scoccava, segnava.

«Arianna, sei molle oggi.»

«Mamà, non so stare in difesa.»

«Tieni il portiere teso e fermo e muovi solo i difensori, non tirare che lasci scoperta la porta, fasce fare a 'mmia.»

Ma i consigli di Mimì non sembravano fare presa.

Sul 4-1 diventò perentoria.

«Ne scambiamu, figghia mea. Non si bbona oggi.» Le venne in dialetto e anche in modo brusco, Arianna ci rimase male.

Mimì si ritrovò in porta, anche Paolo dall'altra parte del campo era un po' molle, bastava superare l'esercito di calciatori di Federico. Già, l'esercito, poiché sembravano decine per come erano duri, rapidi e spietati. Ma Mimì aveva un colpo segreto. Dopo aver provato un paio di staffili che ebbero solo il risultato di esaltare il centrocampo di Federico, fece partire una parabola lenta e arcuata dal proprio portiere. Quasi un passaggio, ma con il pallino che girava su se stesso. Federico rimase sorpreso e lasciò sfilare il pallino per permettere a Paolo di giocarlo, ma la biglia era così piena di effetto che Paolo non riuscì neanche a sfiorarla. 4-2. Dopo altre due parabole a effetto e altrettanti gol, Mimì si abbassò davanti alla fessura nera del biliardino dove rotolava l'ultima sfera bianca. La prese, la baciò e la poggiò sul bordo.

«A ci segna vince quai, ne sciuchiamo qualcosa?»

«La birra, Mimì, ci compri la birra?» fece Federico cercando con una gomitata l'approvazione di Paolo che rimase immobile.

«E a me che mi regalate che siti sinza na lira in tasca?»

«Paghiamo pegno.»

«Venite a fatigghi da meu per nu giurnu. Ho un sacco di cose da farvi fascire.»

La pallina fu lanciata con una traiettoria curva da Arianna, Federico la prese a volo e tirò con tutta la forza che aveva contro il portiere di Mimì che stringeva l'asta fermissima, si passò la palla in avanti sino al difensore e lasciò partire il tiro lento ed effettato, ma questa volta Federico non si fece sorprendere e tirando l'asta a sé bloccò la pallina contro il lato del tavolo da gioco. Ma il movimento fu troppo brusco e la palla schizzò contro gli omini di Arianna, lei scoccò un tiro che rimbalzò contro i difensori di Paolo e contro il bordo del biliardino, due, tre, quattro batti e ribatti e la pallina partì come un proiettile.

Paolo, Federico, Arianna e Mimì mossero le loro teste all'unisono seguendo la gittata della pallottola bianca e la videro schizzare verso la scogliera tra i cespugli.

Trascorse appena un attimo, poi prevalse nella scena la figura di Federico che saltò sul muretto. Sembrava color bronzo contro il sole del pieno pomeriggio d'estate. Arianna gli andò dietro gridando che aveva visto dove era finita, ma anche Federico aveva visto.

Federico a piedi nudi sgambettava tra gli scogli. «È lì!» disse Arianna indicando uno dei tanti cespugli di fichi. Federico rivolse lo sguardo, strizzò gli occhi sino a mutare le orbite in due ellissi scure.

«Quai ne stannu i serpenti.»

«A mare i serpenti? Ce disci?»

«Arianna, facciamo pareggio.»
«Federico ci teni paura?»
«Nun tengo paura.»
«E allora vai a vedere se trovi nenzi.»

Federico pungolato sulle corde dell'orgoglio camminò fino al cespuglio di fichi e con la punta dei piedi scostò l'arbusto. Non c'era traccia della pallina, si voltò verso Arianna e incrociò i suoi occhi castani che in estate, con il sole, diventavano chiari come acquamarina, il viso spigoloso tale e quale a Mimì, il corpo piccolo e affusolato, le mani sui fianchi in una posa a mezza strada tra il rimprovero e l'attesa. A Federico lievitò nel sangue un violento desiderio di baciarla.

Paolo guardava un punto indefinito nell'orizzonte verso il mare, come se stesse scorgendo un'imbarcazione nella rada, ma il gesto era solo timidezza. Mimì lo osservava incuriosita stringendo le labbra in un'espressione che richiedeva complicità.

«Ma mangi, Paolo, che tra un po' sparisci?»
«Sì, signora...»
«Mimì.»
«Sì, Mimì, mi scusi.»
«Scusa, non scusi.» E gli diede una carezza sullo stesso fianco martoriato dalle gomitate di Federico.

Federico non baciò Arianna.

E non provò neanche a farlo. Non trovò la biglia. In compenso capì. Arianna doveva sempre esserci. Mentre era ancora in preda a un attacco di parlantina con cui cercava di intrattenerla, di irretire la timidezza, proprio allora, mentre aveva iniziato a vederla in una nuova veste – una ragazza da corteggiare e non una compagna di tuffi e giochi – proprio nell'istante in cui rimestava i sentimenti in rivolta, salirono nel cielo delle grida.

Dai rostri nel mare si erano alzate decine di ombre

che con le mani davanti agli occhi scrutavano l'orizzonte: due barche ancora indefinite nel mare si muovevano faticose tra le onde. Non erano normali pescherecci, bensì due battelli affollati, sembravano una scultura arcimboldesca, ma invece dei grappoli di frutta, sulle bagnarole c'erano grappoli di uomini. Il vocio degli scogli, dopo esser cresciuto, si era placato, era come se tutte le attività, le chiacchiere, i rumori del vento tra i flutti e le posidonie si fossero sospesi; Arianna e Federico si accovacciarono su un crepaccio di madrepore, uno accanto all'altra.

«Fede, ma questi chi sono?»

«Ce sacciu, albanesi?»

Mimì Orlando era tornata sul parapetto da cui aveva visto la figlia nuotare e adesso, con il sole più tiepido e le ombre più lunghe, attendeva l'approdo delle imbarcazioni in balia del mare.

Da mesi arrivavano decine di barche con dentro uomini, donne e bambini. Era inevitabile per Mimì ricordare il suo viaggio oltre tre lustri prima, la diffidenza verso i baresi e i presunti colerosi, le domeniche pomeriggio in cui gli elvetici sparivano per far spazio a loro, i cingoli con la musica leggera, le armoniche a bocca di Mincuccio quattroazero. Ricordava il treno per la Svizzera che perdeva poco a poco velocità quando entrava nelle stazioni, lo stridore dei freni salire fino a farsi insopportabile e, la volta che entrò nella stazione di Zurigo, il culmine dello strazio ferroso interrompersi di colpo per trapassare in un mormorio.

Ogni notte alla gente che abitava le pajare vicino al Ciolo, alla Serra, a Tricase Porto bussavano uomini e donne coi vestiti bagnati che chiedevano aiuto e conforto. Mimì pensava spesso a cosa sarebbe potuto succedere se alla sua casa di Lucugnano si fossero presentati degli uomini bagnati con il sale tra i capelli nel cuore della notte.

Di solito in tardissima serata nel mare comparivano, accanto alle lampare dei pescherecci, piccole luci rosse come le spie degli aerei in volo, erano gli occhi elettrici dei gommoni e degli scafi che a una ventina di metri dalla riva sbarcavano nell'acqua scura i migranti. Negli ultimi mesi avevano iniziato a lasciarli sempre più lontani, oppure in prossimità degli scogli dove era più arduo essere controllati dalle capitanerie di porto.

Anche quello sbarco fu nella norma, i natanti a pochi metri iniziarono a svuotarsi con rapidità, il mare si colorò di una schiuma bianca, come se qualcuno vi fosse stato spinto dentro. Subito le barche erano tornate a essere ciò che erano davvero, motoscafi e non battelli fluviali. Due uomini alla guida fecero inversione tra le teste che galleggiavano in mezzo al mare, tirarono un nastro scuro che pendeva dalla scatola variopinta del motore, si sentì uno scoppio e ripartirono sparendo nella nebbia ciano dell'orizzonte.

Davanti al chiosco il barista, un uomo largo con un accenno appena di baffi bianchi sulla carnagione arrossata, si era seduto sul parapetto affianco a Mimì che disse tra sé pensando di non essere sentita:

«Non è così. Non si fa così.»

«Signora, una volta io ho ospitato uno di loro, state attenti, mi hanno portato via pure i rubinetti del lavandino.»

«Grazie dell'informazione, potrebbe tornarmi utile.»

«Prego.»

«Se una notte mi bussano un paio di questi viaggiatori, prima di aprire la porta sviterò i rubinetti del bagno per tenerli al sicuro.»

«Se ha tempo per farlo...»

«Certo, farò aspettare un po' gli ospiti inattesi, ma troveranno la casa già pronta.»

«Mi raccomando, anche le saponette, i copriwater, i portasciugamani, questi sono come le cavallette.»
«Già. Non saprei dove nasconderli.»
«Guardi, non dove tiene i soldi, altrimenti lei gli sta facendo un regalo.»
«Ma perché allora li ha ospitati?»
«Perché sono cattolico.»
«Un bel gesto.»
«E come sono stato ripagato? Con la casa svaligiata.»
«Come mai sono venuti proprio da lei?»
«Perché ho una casa qui e poi perché un tizio che viene a questo bar da quando girava con la bicicletta e i calzoni corti mi ha dato due milioni per ospitarli.»
«Un gesto di carità cristiana.»
«Sì, lui è proprio un buon cristiano.»
«Non quanto lei, che ha perso tutta la sua preziosa rubinetteria.»
«Preziosa no, però le scatole mi girano.»
«Signor...»
«Giuseppe.»
«Ok, Giuseppe.»
«Può darmi del tu, signora.»
«Grazie, no, sono una ragazza ancora.»
«Ma ha una figlia grande.»
«Già, ma do del lei a quelli che sono più adulti di me e sembrano sapere tante più cose di me.»
«La ringrazio.»
«Prego. Mi ha dato un importante suggerimento.»
«Sui soldi?»
«Anche, ma soprattutto sui rubinetti. Vado a smontarli.»

Paolo assistette in silenzio, Mimì non aveva abbandonato per un solo istante una smorfia di condiscendenza; Paolo non aveva capito le sfumature del dialogo, ma ne era rimasto affascinato, c'era qualcos'altro nelle parole di Mimì: mentre il barista rispondeva rintracciava gli occhi di Paolo e sorrideva sardonica.

Poi il mare iniziò a fare rumore, la voce della gente sugli scogli incitava gli uomini che nuotavano verso riva, un paio di loro non ce la facevano, dalle urla parevano ragazze o bambine.

Nessuno sembrava accorgersene, nel traffico di spuma e urla, tutto era sommerso dalla confusione. Ogni anno la Madonna dell'Assunta se ne portava uno con sé, il giorno di Ferragosto la tradizione suggeriva di stare distanti dal mare. Ma era ancora lontano Ferragosto. Arianna e Federico ne erano ben consapevoli, e dopo essersi guardati si tuffarono dallo strapunto. Fu un volo lungo e potente, forse una decina di metri, precipitarono a piombo con i piedi uniti e stringendosi il naso, riemersero e iniziarono a dare furiose bracciate verso due cerchietti di bolle avorio. In tanti avevano ormai raggiunto la riva tranne quelle due voci, che sbracciavano disperate. Federico fu rapido e andò verso chi sembrava più in difficoltà, ma era anche la più vicina alla riva. Arianna raggiunse l'altra ragazza, ma quando arrivò davanti si trovò a sorpresa un bambino, un bambino che cercava di fare il morto come forse gli avevano insegnato nelle ore di traversata, ma non ci riusciva. Federico, invece, era alle prese con una donna, forse la madre del bambino, e mentre la prese al collo vide sparire le montagne e le configurazioni del paesaggio, spariva tutto e dovette fidarsi delle orecchie, seguire i suoni e nuotare verso quei rumori, le voci che erano la sua salvezza. Nella lotta con la donna gli successe di sprofondare sotto la spuma, onde minuscole lambivano gli occhi, il mare si apriva e sott'acqua ondeggiava la foresta marina: alberi rosa, filiformi anemoni di velluto e alghe arancioni ricoperte di bacche. Nello sforzo di tenere gli occhi aperti Federico riusciva anche a vedere le pietre sul fondo e una di queste si muoveva e sotto balenava un tentacolo nero, una creatura azzurra passava tra le sue gambe e spariva.

Quando riuscì ad arrivare a riva si sentiva il petto scoppiare, voleva vomitare, le ginocchia cedevano, i muscoli delle cosce dolevano, ma la mente corse ad Arianna, e quando non la vide e nell'aria udiva solo voci estranee, e molte delle voci non avevano parole familiari ma erano di una lingua lontana, fu allora, nonostante il corpo indolenzito, che si sentì molto vicino alla disperazione. Si rese conto che senza Arianna non poteva sopravvivere, perdere Arianna, con addosso il brusio del mare e i lamenti della ragazza che aveva salvato e veniva presa a schiaffi, riempita d'aria da una respirazione artificiale, lo avrebbe portato alla follia. Federico si voltò verso il mare e vide una ragazza e un bambino per mano camminare come se fossero usciti da un normale bagno. La battigia di pietra che mordeva il mare si riempì di gente che accerchiò la ragazza col bambino. Era Arianna e non sembrava neanche stanca, affondava una mano nel suo crine umido per poi stringerlo tra le dita strizzando le ciocche.

Federico, nonostante sentisse di avere nelle gambe due puntelli conficcati, le andò incontro. Prese tutta l'aria che poteva, con la bocca e con le nari, e baciò le sue labbra.

Biagino Orlando era diventato Celestino, perché per un periodo aveva girato Tricase con una cresta di capelli azzurri; se la faceva sempre con un tale Catone e nessuno sapeva se Catone fosse il nome, il cognome o solo la nomina, come chiamano i soprannomi in paese.

Biagino, dopo un'epoca che per comodità potrebbe definirsi "punk", a metà degli anni Ottanta, entrò in un giro ambiguo di beoni dal quale uscì quando i beoni si tramutarono in tossici. A lui non interessava la polvere color sabbia che si scioglieva nei cucchiai. A Celestino premeva solo stordirsi di alcol e cercare di valicare ogni giorno di più il proprio limite, ubriacarsi per lui era andare al fondo delle cose.

Celestino aveva passato tante ore del giorno con Arianna ai tempi della sua infanzia. Rosanna cercava il più possibile di tenere la nipotina alla larga dallo zio incorreggibile e ubriacone, ma non sempre ci riusciva. Biagino era andato a prenderla più volte a scuola, e se l'era portata dietro in alcune delle sue colossali bevute. Certi pomeriggi quando né Mimì, né Rosanna potevano, Biagino la teneva come mascotte. Un giorno se la dimenticò in un bar di Tricase in pieno centro storico, e ancora raccontano l'aneddoto, in paese, con quel misto di accondiscendenza e ammonimento.

Tricase è un paese piccolo, ma è facile perdersi nei

suoi quartieri che girano attorno al borgo come satelliti, le strade strette e squadrate, disegnate come in un grafico murattiano. È facile perdersi dopo tanti giri di Giacomo Daniele, tanti testa a testa tra lui e Celestino.

In ogni bar di Tricase si allestivano teatrini con le bottiglie sfolgoranti sulle specchiere al neon dietro i banconi. Gli alcolici erano ribattezzati con nomi d'arte; ora per il colore della bottiglia di birra: "la verde" come se fosse stato a un rifornimento, o "la flebo" se il vetro era scuro, "il capellone" era il liquore con l'etichetta che riportava la testa di un uomo con una folta capigliatura, "il pronto soccorso" era l'amaro alle erbe che aveva come effigie una croce rossa, e infine "la parrucca", per lo scotch, a causa del profilo di un uomo settecentesco con toupet bianco. Su tutti campeggiava il whisky che Biagino chiamava "Giacomo Daniele".

Era nominato "via crucis" il tour di bar che Celestino intraprendeva al principio del giorno. Le stazioni erano una quindicina e come nel cammino di Nostro Signore Gesù c'erano momenti di flagellazione, e anche un po' di resurrezione.

Celestino e Giacomo Daniele si intrattenevano in serrate concioni; Giacomo Daniele era depositato sul fondo d'un bicchiere svasato sempre più consunto, e veniva interrogato da Biagino: «Perché stasera non mi ridi?». Era una domanda che spesso veniva fatta al bicchiere vuoto, con una perlina color legno al centro, dove dormiva l'ultima goccia di whisky.

Una sera Giacomo Daniele aveva riso per davvero. Celestino era con Catone al bar Millevoglie, tenuto da Samuele, un barista senza età che aveva fatto la guerra in Russia e ci era tornato non si sa come, con le mani senza tre dita e ricoperte di piaghe. Rideva senza denti, i suoi erano stati persi da anni, la dentiera dormiva in un bicchiere di acqua piena di bolle e una sera per sbaglio la servì agli avventori con un po' di Giacomo Daniele. Gli avventori erano Catone e Celestino, che si ritrovarono sul fondo di uno dei bicchieri appena tracannati i denti di Samuele. Ma per Biagino Orlando, il devoto bevitore di Tricase, non si trattava della dentiera del suo barista soldato, ma era il fantastico sorriso di Giacomo Daniele che lo invitava a continuare: «Bevi Biaggì, bevi che la vita è corta».

Celestino usciva di casa la mattina presto sapendo di chiamarsi Biagino Orlando e tornava a sera inoltrata che non riusciva a riconoscersi allo specchio e darsi un nome. In ogni posto attorno a Lucugnano, Tricase, Corsano, Tiggiano non c'era bar che non lo avesse ospite fisso. Spesso lo riportavano a casa svenuto, lo mettevano a letto sotto gli occhi scoraggiati di Rosanna e Antonio, i quali correvano nella stanza del loro ex pargolo che dormiva quasi sempre con i vestiti addosso sopra le coperte.

Una sera il padre era andato a prenderlo a Porto Miggiano, un posto a venti chilometri da Tricase, una lingua di acciottolato in mezzo a scogliere verdeggianti. Dormiva tra le pietruzze umide di mare e russava spaventando i paguri. Antonio lo tirò su, se lo mise in spalla, e se lo portò fino alla macchina che attendeva sul curvone di Villaggio Paradiso con lo sportello aperto e i fanali accesi.

Antonio non conosceva il mito di Enea che trasportò fuori da Troia in fiamme suo padre Anchise alla stessa maniera in cui lui trasportava suo figlio verso l'auto. Ma se lo avesse conosciuto allora avrebbe sorriso in modo sardonico per come il corso della sua vita era stato così sorprendente.

Antonio Orlando sentiva il fiato venir meno per la fatica; mentre scalava i gradini di blocchetti che portavano sulla provinciale avvertiva leggerissimo il peso di Biagino, ma ponderoso il battito del petto di suo figlio, il respiro affannato dell'alcol gli rimetteva addosso i suoi anni al ternitti. Quando arrivò alla macchina, Biagino si tuffò sull'asfalto e iniziò a nuotare. Voleva vivere, voleva tener duro, il bambino.

Celestino era anche il più popolare autostoppista della zona. Chiunque, almeno una volta, se l'era messo in macchina puzzolente di superalcolici e sudore, ma innocuo come un gatto di strada.

Mamma Rosanna e papà Antonio lo tenevano in casa, erano invecchiati in quei quindici anni anche grazie alle prodezze di quel figlio randagio. Antonio aveva perso i capelli e la faccia gli si era seccata. La voce si era affilata ed era diventata un pigolio, le corde vocali si stavano logorando. Gli anni al ternitti si facevano sentire, limavano la voce e le forme di Antonio, che poco alla volta si rimpiccioliva nei suoi abiti, spariva dietro gli attrezzi della campagna dove lavorava sempre meno. Quei due anni, solo due anni di ternitti se lo erano mangiato per intero.

Nei paesi bastava un tavolo, un mazzo di carte e una damigiana di vino.

Un vino qualunque, un tavolo qualunque, ma le carte napoletane dovevano essere regolari e pulite, senza pieghe e senza macchie che le rendessero riconoscibili. Si giocava negli ammezzati lungo le strade interne.

Ad Andrano c'erano dei vecchi pescatori che appena vedevano un garage abbandonato si barricavano con le sedie, le carte e un po' di vino a farsi una partita.

Assomigliava alla briscola: un gioco di squadra, quattro partecipanti, due bottiglie di vino. Lo scopo era far ubriacare il meno spavaldo e chi reggeva meno, e lasciare invece con la coda tra le gambe e la lingua asciutta il gran bevitore.

Celestino era il giocatore perfetto nella seconda categoria. La vittima ideale. Uno da tenere come un asino con la carota appesa a un filo.

A chi capitava la carta del re di denari toccava essere il padrone, il cavaliere diventava il mezzano che faceva le quantità e mesceva il vino nei bicchieri, infine la donna era il "sotto" che subiva i capricci del padrone.

Bere o no.

Ogni giro di carte, ogni investitura di padronanza veniva accompagnata da solenni proclami, formule rituali che rievocavano il modo di chiamarsi degli aristocratici e dei borghesi ricchi.

«Celestino, vieni a farti un giro di Padrone e sotto?»

E Celestino, animato dalla sua smania, metteva la sua piccola quota con la speranza di farsi qualche giro. Ma a lui capitava sempre di essere il sotto che non beve, a volte la beffa di essere il mezzano che stabiliva le misure senza far bere qualcuno che non resisteva all'alcol.

Le partite più furibonde si tenevano durante le veglie natalizie o pasquali, quando don Oronzo imponeva a qualcuno di vigilare il quadro delle campane da far suonare per farle battere nei momenti opportuni.

L'addetto allo scampanare diventava il soggetto sotto la mira del Padrone e sotto, e nei giri di carte il bicchiere pieno di birra veniva con puntualità offerto a lui. Se capitava a Celestino di gestire i tasti campanari il Padrone e sotto diventava micidiale, invece del vino si faceva con il Biancosarti, un liquore dolciastro, denso come melassa che scendeva solo con il ghiaccio, come reclamizzava la pubblicità, e faceva ubriacare anche il più alcolizzato.

Quando le campane suonavano all'impazzata per il paese, era Celestino che annunciava la sua ebbrezza.

Da quando era diventata maggiorenne Mimì aveva subito lasciato la vecchia casetta di campagna dove era cresciuta e si era messa a lavorare in un cravattificio come quasi tutte le donne del paese.

Finì gli studi che aveva interrotto e prese la licenza media in una scuola serale.

Non si nascondeva più sotto un letto, ma continuava a parlare da sola, a incontrare gli antenati che le facevano visita la notte e le comparivano durante il giorno sotto forma di segni: una nuvola di vapore, un tuono lontano o una scia d'aereo nel cielo.

Dava poche confidenze sul lavoro coltivando rare, selezionate amicizie come Anna e Teresa, di poco più giovani. Anna era una ragazza minuta e bruna, sposata da diversi anni con un uomo spesso assente per lunghi periodi a causa del suo lavoro sulle navi da crociera; Teresa era invece riccia e corpulenta ed aveva una vita privata misteriosa.

Mimì le frequentava anche fuori dal cravattificio, si incontravano la domenica pomeriggio attorno a una caffettiera: la loro cuccuma speciale che usavano quando erano insieme, una cerimonia che aveva ingredienti e momenti precisi. Sacchetto di chicchi Quarta, macinino elettrico e poi la sequela delle tre caffettiere.

Si faceva prima un caffè leggero con poco macinato

per preparare la macchinetta, poi se ne faceva un altro che veniva appena assaggiato, infine si preparava il filtro per il terzo caffè, quello buono. Dopo il terzo Teresa fingeva di correggere i compiti di Mimì.

«Quisti esercizi sun troppo difficili per la scola media.»

E Mimì sapeva che non era vero, ma era consolata, si sentiva protetta dentro il ventre di affetto e caffè, nelle domeniche pomeriggio di Lucugnano che si impregnavano dell'odore di puccia, origano e pomodoro abbrustolito, l'odore della serenità.

Quando le lezioni serali finivano rimaneva per ultima in classe, aspettava che sfilassero i suoi compagni. Questi erano uomini cresciuti in campagna o albanesi, silenziosi e balbettanti mentre leggevano, con l'inflessione dialettale o straniera che stringeva le sillabe e la bocca come se avessero dovuto suonare uno strumento a fiato. Mimì rimaneva sola, attendeva che andassero via tutti, anche i professori e gli inservienti, si sarebbe fatta chiudere a scuola, se avesse potuto, per assaggiare la solitudine; una sera lo fece, si nascose sotto un banco, si accucciò e si fece piccola come se fosse stata una bambina, la bambina che un decennio prima strisciava sotto le reti di un letto per non andare a scuola e adesso per rimanerci. Ma poi la nostalgia passava e in qualche modo si faceva tornare la voglia di stare a casa accanto a sua figlia.

Rimaneva in fabbrica anche dodici ore al giorno e si portava le cravatte a casa dove continuava a lavorare tenendo sulle ginocchia la piccola Arianna; se nessuno gliela poteva tenere o guardare se la portava a lavoro, la metteva a giocare con i nastri della minuta di stoffa.

Si fece una grande fama, per via del suo carattere solitario: lavorava tanto e parlava poco. La fecero presto capo operaia, e se c'erano straordinari o consegne impegnative lei non soffriva, prendeva un respiro più forte del solito e aggrediva la consegna e pensava: "Un'ora prima giù dal letto e un caffè in meno con Anna e Teresa".

«Tu fatigghi troppo» le ripeteva la madre. Rosanna la esortava in maniera spiccia e diretta, ma altre volte tentava strade più contorte, che nei suoi stratagemmi dovevano risultare più efficaci.

«Oggi pomeriggio ho dovuto accompagnare sirta al consultorio...», in questa frase di Rosanna si muovevano le ragioni di un affettuoso ricatto. Se lavori, io, tua madre, sarò costretta a lasciare Arianna con Biagino.

Ma Mimì aveva un piano segreto a sua volta. Biagino le sarebbe stato utile in casa. Anche se ubriacone, anche se rotto, era un ex bambino, con i crismi dell'innocenza e della generosità. Era uno che beveva per andare in fondo alle cose, non per dimenticarle.

Arianna cresceva e aveva sempre meno bisogno di compagnia. Biagino, Mimì e Arianna era un accostamento bislacco, ma era anche un nido.

Una notte le campane non suonarono.

Biagino fu ritrovato disteso sulle scale di piazza Pisanelli con un rivolo di bava che scendeva dalla bocca. Qualcuno pensava che era rimasto secco tra una via crucis e un giro a Padrone e sotto, il giovane ex punk non aveva superato la notte.

Altri due balordi come lui, capeggiati dal solito Catone, strapparono una transenna da un cordone metallico che recintava un pozzo e lo caricarono su come se fosse stata una lettiga. I due barellieri ebbri procedevano sotto le benedizioni di Catone, il quale si improvvisò sacerdote e con un pezzo di stoffa rimediato chissà dove, a mo' di stola, ungeva la fronte e recitava a braccio salmi inventati dall'abisso dell'ubriachezza.

Il soccorso si trasformò in una processione, nullafacenti, vecchietti, pazzi di paese, scortarono Celestino collassato e i suoi amici balzani sino all'ospedale. Non era la prima volta che una sbronza aveva portato Biagino Orlando detto Celestino a perdere i sensi.

Il mattino dopo, nella luce di stoviglia dell'ospedale, tra le creste infagottate delle suore c'era il viso lungo e ambrato dal sole di Mimì. Celestino aprì gli occhi e vide china su di sé una folla di facce, e poi, luminosa, sana, la coda di cavallo nera che scintillava come una criniera, sua sorella gli apparve come una benedizione.

«Fratellino, ti porto a casa mia.»

«E mamma e papà?»

«Ci parlo io.»

Casa con giovane melo alle porte di Tricase.

Un vignale spelacchiato e circondato da blocchetti di tufo e ciuffi di verzura disseminati, una donna in bicicletta sale sul crinale della collina, infuocata dalla salita e dal sole bianco della mattina presto.

«Da domani Biagino viene a dormire a casa con noi.»

«E chi lo mantiene?»

«A Biagino ci pensa 'mmia.»

Ogni anno la notte di San Rocco, il 16 agosto, è una notte diversa. La regione si riempie di spettacoli pirotecnici, in molti paesi ancora si prega il santo che liberava i villaggi dalla peste con una semplice preghiera.

Ruffano è uno dei villaggi graziati. Da tempo immemorabile le spade degli iniziati si incontrano per una danza rituale in onore del santo. Torrepaduli è una frazione di Ruffano, circondata da terra battuta e aggrovigliata da due strade che la circondano e la forano come i fili di un intestino. Al centro, sul cucuzzolo della collina sul quale sorge il minuscolo insediamento, c'è la chiesa di San Rocco. Per una notte l'anno migliaia di persone da ovunque vengono a chiedere la grazia al santo e attendono l'alba assistendo a quei riti antichissimi che si tramandano gli abitanti.

Mimì non perdeva mai l'appuntamento e si organizzava con Arianna e i genitori. Quell'anno fu la prima volta che la formazione non era la solita. Antonio Orlando in estate aveva cominciato a stare ancor più male. Non era soltanto la voce che andava e veniva.

Si svegliava la mattina con una tosse bronchiale che nel corso della giornata aumentava sino a procurargli fitte al petto, forti da non permettergli mai di far nulla se non andare a letto e sperare di svegliarsi con i polmoni sgombri.

Prima di partire per Torrepaduli, nella vecchia casa degli Orlando davanti a un braciere in cui ardeva la citronella per tenere lontane le zanzare, Mimì girava come una bambina su se stessa di fronte allo specchio grande della camera da letto dei genitori.

«Si bedda figghia mea» si sentiva dire sempre quando improvvisava un giro di ballo in cui poteva osservarsi e osservare l'immagine riflessa del resto della stanza e di un'ombra, suo padre Antonio, che la suggestionava con i complimenti. Ma quella volta se lo fece echeggiare da sola nella testa. Nessuno la osservava.

Gli specchi col tempo diventano cattivi, si curvano e riflettono immagini distorte, corrompono la bellezza e caricaturizzano i difetti. Lo specchio incastrato nell'anta di un armadio di legno aveva pietà solo di Mimì, abbronzata dentro un vestito giallo teso sino alle ginocchia, i capelli raccolti in una coda corvina e brillante come fosse stata ripassata da una mano di vernice nera.

La Panda di Mimì saliva per i tornanti verso Ruffano. Seduto davanti, Biagino in apparenza sobrio, o con solo un paio di Giacomo Daniele nelle vene, raccontava al terzetto accalcato nei sedili posteriori – Arianna, Federico e Paolo – di quando in autostop era arrivato fino a Milano per assistere a un concerto.

Non ricordava il concerto, ma ricordava la folla, le luci rotonde in riga nei padiglioni rettangolari, il boato della gente quando apparve la sagoma bianca del cantante – e già non era un gruppo, era un cantante, si trattava di Bruce Springsteen o forse Vasco Rossi – proprio non ricordava, ma lui sapeva tutte le canzoni, la moltitudine attorno piangeva e gridava, ai lenti si faceva seria, silenziosa, le luci si spegnevano e salivano le fiammelle tremule degli accendini e dei fiammiferi e a lui era venuto da piangere. Sì, era il concerto di Vasco Rossi. Non poteva essere Bruce Springsteen, lui non conosceva l'inglese. Sentiva i suoi vicini scandire le parole del testo, lui si pompò il petto, prese aria e gridò «Co-ca Co-la, con tutte quelle bollicine».

«Mi porti, zio, a vederne uno?»

«Se tua madre vuole, sì, se no spitta i diciotto anni e fasci come vole ttia.»

Ma Mimì subentrò con un po' di sarcasmo.

«Guarda Biaggì la puoi pure portare domani la uagnona, dove teni vula, basta che me riporti intera, che ca ttia nun si sepe mai.»

La Panda si ancorò nella terra battuta di un campo abbandonato che per l'occasione era stato reinventato a luogo di sosta. Decine di auto luccicavano sotto la volta pettinata dalle stelle del cielo agostano. Le luci lontane della festa arrivavano come i bagliori di un'aurora elettrica, illuminavano ciò che era chiaro, e più chiaro di tutti era il profilo del vestito giallo di Mimì che camminava con lo sguardo rivolto a terra, attenta a dove metteva i piedi. E dietro in fila indiana, come se lei fosse stata una grande mamma chioccia, Federico e Arianna che si sfioravano le dita delle mani, Paolo con dei pantaloni bianchi molto larghi che era costretto a tenersi con le mani, infine Biagino che guardava verso le bancarelle in cerca di quella giusta dove iniziare la sua via crucis.

Il quintetto entrò nel flusso che tentava di raggiungere la piazza centrale. Lassù in cima era un fumigare di carne arrosto, una mescolanza di note musicali e lumi variopinti.

L'accordo fu che se ci si fosse persi ci si sarebbe ritrovati alle cinque, quando iniziava la messa in onore di san Rocco, davanti al sagrato.

Arianna e Federico, come se non avessero atteso altro, dopo essersi guardati furtivi negli occhi, sparirono nella folla. Paolo li seguì con lo sguardo e provò enorme disagio, avrebbe voluto precipitare dentro la terra, ritornare a Zurigo a casa sua. Camminava con i gomiti alti per non restare seppellito dalla calca, era solitario nella moltitudine, c'era un'ignota e potente forza gravitazionale che lo spostava verso la cima dov'era la piazza costellata di luminarie, spalliere e cassarmoniche. Federico si girò un paio di volte per vedere se Paolo fosse ancora dietro mentre il serpentone di gente proseguiva svogliato, ingolfandosi nei punti in cui la strada curvava o le bancarelle si affollavano.

«Aspettiamo Paolo?» propose Arianna, ma era una domanda timida.

Federico le rispose solo con lo sguardo, crucciato, ma in fondo accomodante. Sì, Paolo sì, ma soltanto lui. Avrebbe voluto baciarla, avrebbe voluto tenere incollate le labbra sulle sue. Avrebbe voluto che il paese lo vedesse, tranne Mimì e Celestino, loro due lo mettevano in uno stato vergognoso che gli era insopportabile. Ma la folla ondeggiava, saliva, confondeva, il vocio scompigliava i saluti e i richiami, ingarbugliava le parole, le spegneva rimescolando toni e significati. Paolo non riuscì a riprendere Federico e Arianna, ormai arrivati tra le siepi di bosso e gli alberelli di loto nell'oscurità, un anfratto dove tremavano i generatori elettrici delle bancarelle di dolciumi e chincaglierie. Lì c'erano due coppie che si baciavano e una di queste faceva schioccare rumorose le lingue. Arianna e Federico si guardarono complici e iniziarono a trovarsi con i nasi e con le guance e infine le labbra per baciarsi e rimanere lì per tutta la notte finché non fosse arrivata l'alba per tornare a San Rocco.

Paolo rimase, e non riuscì neanche a trovare Mimì e Celestino, tentò di ripercorrere al contrario il flusso della folla, ma non ci riusciva, si sentiva schiacciare da una grande mano callosa. Voleva accasciarsi al suolo, voleva urlare, la faccia si arrossava come in preda alle caldane di un'insolazione. Lo svizzero provò una sensazione vicina allo svenimento.

«Biagino, tu non mi lasci sola» intimò Mimì.

«E li vagnuni?»

«E li vagnuni vanno per conto loro, son vagnuni.»

«Anche io son vagnuno.»

«A trenta nun si vagnuno ma ti comporti come nu vagnuno e stia pe mmia.»

Non aveva neanche terminato questa frase che enorme alle spalle di Biagino si posò il braccio mastodontico di Pippo 'a bestia.

«Lu Celestino, c'è lu Celestino, venite a vedere!» urlò, e mentre Pippo gridava si materializzarono numerosi personaggi che Mimì aveva iscritto nel suo personale taccuino come "Persone da evitare anche in casi estremi", e tra questi lo scatenato Catone con una fiaschetta di alluminio a tracolla.

«Catone!» ammonì, con un dito in aria e un sorriso che voleva essere il più possibile distensivo, una scoraggiata Mimì. «A Biagino me lo riporti a San Rocco alla messa, vabbene?»

«Mimì, quanto si bbona.»

«Catone, hai bevuto? Hai bevuto. Non fare bere lu vagnuno meu.»

«Ci si vagnone?» Catone si rivolse a Biagino, tirandolo per una guancia.

«Non è più un vagnone, ma stasera mi sa che bisogna trattarlo così» rispose Mimì.

«Celestino, e ti fasci trattare così da soreta?»

Ma Celestino rideva, teneva stampato un sorriso bonario, a lui non interessava il dialogo, a lui interessava unirsi a Catone e Pippo e raggiungere il primo bar.

«Biagino se sei ubriaco non ti faccio salire in macchina, lo sai?»

«Mimì, si chiama Celestino, non Biagino, Celestino»

fece Catone, Mimì non volle sentire. Tirò su gli ormeggi e diventò leggera, non aveva altro tempo da perdere con loro, altra aura da dividere con quei soggetti; la corrente della massa la portò come una barchetta di carta, stava lieve sopra la testa di tutti, sentì le voci diventare solo un trambusto indistinto sullo sfondo a riva. Avrebbe voluto essere già nella piazza, al centro, dove i vecchi ruffanesi in camicia bianca e pantaloni di nero fustagno compivano il rito della danza. Attendere l'onda benefica di san Rocco che secoli prima aveva graziato il paese dalla peste e ancora veniva inondato di preghiere, voti e cerimonie.

Mimì si abbandonava ai marosi della massa, nell'aria c'era un vociare alto, l'odore dello zucchero industriale, il sudore aspro delle sere d'estate. L'alito della gente era insopportabile, il loro rumore, il movimento come di un animale marino, grasso e agonizzante.

In quel momento Torrepaduli fu attraversata da pacchie guascone. Una gallina incappucciata e tenuta al guinzaglio seminava un parapiglia verso lo spiazzo delle giostre; Celestino, Catone, Pippo 'a bestia e altri personaggi di simil fatta la trascinavano ora di qua, ora di là facendo ammattire frotte di bambini che si erano messi a correre dietro all'impazzata.

Pippo ululava con la gola rischiarata dall'alcol – tanto da avergli procurato una vocina da castrato –, si aggirava con un mastello azzurro pieno di lattine sulla spalla seminando un filo d'acqua come se fosse stato un'autobotte. Quando Paolo scorse la sarabanda urlante di ubriachi che a poche decine di metri apparivano come una enorme mischia di rugby, uno sull'altro, che si bevevano e leccavano e si ingiuriavano, decise che era meglio fare finta di non vederli.

A duecento metri dalla piazza si era formato un ingorgo. I madonnari disegnavano sull'asfalto con le tempere colorate effigi del santo, la folla si schiacciava contro i muri, ma ipnotica nell'aria si diffondeva una musica. Una musica da fisarmonica che si conficcava nella testa, e assieme a essa una calda voce serena fluttuava ed era parte della confusione. La voce si levava morbida, sognante, gentile; Mimì sentì di dover raggiungere quella melodia. Oltre il cancello di un giardino, in un cortile abbandonato, una piccola folla si era assiepata attorno a un albero di gelsi, il tronco era nodoso come un intreccio di altrettanti piccoli tronchi, i rami erano archi di foglie da cui pendevano nastri variopinti. La gente premeva attorno all'albero, e da sotto provenivano il suono garbato di fisarmonica e la voce di ragazzo.

Mimì guardò seguendo la direzione della ressa, il respiro iniziò a smorzarsi, e diventò parte della sinfonia. Un uomo dalla barba chiara, i riccioli biondi, il viso arrossato e solcato da perle di sudore comprimeva e distendeva il ventre della fisarmonica. Mimì ne fu attratta, e non erano solo la musica e la voce che accompagnava nuda le canzoni dai sapori gitani, molto distanti da ciò a cui era sempre stata abituata. Era l'insieme, erano le luci soffuse che entravano nel cortile dalla festa che esplodeva all'esterno, il silenzio della piccola moltitudine attorno all'uomo che portava addosso un vello fascinoso.

Quando finì di suonare il pezzo, il musicista poggiò la fisarmonica a terra, Mimì poté vedergli il corpo tozzo, il petto nudo ricoperto di una bionda peluria. Il fisarmonicista trangugiò la birra dal soldatino di vetro che luccicava ai suoi piedi. Sorrise a chi gli fece un'offerta, su un fazzoletto rosso venivano deposte le monete una dietro l'altra scintillando nella penombra del cortile.

Da come l'uomo spiccicò alcune parole prima del nuovo pezzo da suonare Mimì capì che era straniero. Una nuvola oscura le salì in petto, amava le figure di musicisti viandanti, uno di loro anni prima le aveva regalato un anello turchese, altri l'avevano fatta ballare per le strade del paese, altri ancora l'avevano fatta innamorare per un'ora. Ma non le era mai successo di avvertire un trasporto così violento, immediato verso qualcuno di davvero sconosciuto.

La musica proseguì e Mimì iniziò a ciondolare con gli occhi chiusi e la testa bassa, ogni tanto la rialzava e puntava lo sguardo verso gli occhi dello straniero. L'uomo sorrideva a tutta la platea e forse non notò subito che la donna dalla pelle bruna, l'abito giallo che nella penombra s'impregnava di un riflesso dorato, lo stesse cercando. Quando finì l'ultimo pezzo Mimì, con la spudoratezza che affondava le sue radici nel cuore temerario, si avvicinò.

«Come ti chiami?»

L'uomo non rispose. Teneva la testa china sullo strumento, sembrava frugare nelle tasche. Mimì ripeté la domanda.

«Come ti chiami?»

Ma l'uomo non pareva ascoltarla.

Alzò la testa, davanti a lui la folla era sfumata, c'erano i muri dell'aia ricoperti da una patina rosa, tappeti di gerani rossi, una porticina azzurra dalla quale entrava il sibilo della festa patronale, il fazzoletto ricoperto di monete che sfavillavano e una ragazza che sembrava uscita dal mare che gli domandava qualcosa.

«Come ti chiami?»

Lo straniero pronunciò un nome che Mimì non comprese, ma non volle sentirselo ripetere: il modo in cui aveva parlato gli aveva fatto perdere tutta la grazia da cui era stata rapita.

«Bevi con me?» le chiese, e lei non poté resistere, spinta sempre dalla temerarietà e da un languore a cui non sapeva dare origine.

Mimì non seppe mai il nome dell'uomo.

Attraversarono un orto e poi un campo di terra battuta, Mimì sentì le scarpe riempirsi di terra e le piaceva camminare sull'argilla rossa che di notte conservava ancora un po' il tiepido del sole mattutino. Arrivarono in un piccolo campo dove c'erano decine di roulotte, erano giostrai o forse semplici nomadi. Non si pose domande, l'uomo senza nome era tanto in armonia e ricco di spirito quando suonava, quanto sgraziato senza il suo strumento che si portava in spalla come un guscio.

«Non dovevamo bere?» gli chiese Mimì.

«Da me, da me» le ripeté.

Entrarono in una roulotte, Mimì percepiva che stava facendo una sconsideratezza, eppure il piacere provato mentre la fisarmonica suonava la ammaliava ancora. Doveva seguirlo.

Nello spazio scuro e soffocante della roulotte Mimì udì la presenza di altri. L'uomo abbassò la voce; il tono, che aveva avuto sino ad allora sgraziato, era diventato d'un tratto docile. Un docile falso, ma pur sempre docile, che Mimì riconobbe come un segno di gentilezza nei suoi confronti.

I respiri che sentiva nel minuscolo bugigattolo dove l'aria mancava erano i respiri di due bambini.

«Ho due figli» le disse lo straniero senza nome. E presa una birra da un secchio pieno d'acqua, la diede a Mimì, poi la invitò a uscire fuori dalla roulotte, premendola su un fianco con tutte e due le mani.

Si ritrovarono sul gradino davanti al piccolo accampamento.

«Hai figli anche tu?»

«Una.»

«Piccola?»

«Ha sedici anni.»

«Sei giovane.»

«Avevo quindici anni quando l'ho avuta.»

«Italiane così giovani, mai sentito.»

«Qui a Sud può capitare.»

Il dialogo non proseguì. Mimì non voleva farlo proseguire, era certa che l'uomo le avrebbe chiesto qualcosa a cui lei non poteva rispondere.

L'uomo tracannò la sua birra, nello stesso tempo Mimì aveva bevuto appena un sorso, e leste furono le labbra del musicista sulle sue. Non le dispiacque la temperatura fresca della bocca e si fece baciare, aprì le sue labbra e sentì la lingua irruente, violentissima che le entrò fino alla gola. Doveva aver baciato tante bocche l'uomo, ma tutte così male, pensò Mimì. Assieme alla lingua entrò un forte sapore di tabacco e alcol, non le sembrò fastidioso e neanche l'odore fortissimo di sudore che il musico senza nome si portava addosso.

Stettero a baciarsi per qualche minuto, poi sentì che le mani dello straniero frugavano tra le sue gambe cercando di toccare le mutande. Due dita callose che Mimì fermò prima che la sfiorassero più su. Lei scosse la testa, ma l'uomo insistette.

«Andiamo dentro» le chiese e lo fece con un'espressione implorante.

«No, ci sono i tuoi figli.» Tentò una replica poco disinvolta.

«Non si svegliano, tu non parlare, non gridare.»

Mimì sentiva di non doversi fidare, ma era emozionata dalla voce ora rotta dall'eccitazione, sino a pochi secondi prima falsa e goffa, e prima ancora, durante il canto, morbida e gentile.

Si ritrovò stesa su una branda con le molle rotte che le beccavano la schiena e la spalla, come se nel materasso ci fossero stati dei buchi, poi l'uomo le finì sopra. Il respiro cambiò e diventò affannoso e arrancante, lui iniziò a baciarla scoordinato. Lo straniero le tirò alcuni morsi, ma erano morsi lievi, gradevoli, che fecero trasalire Mimì, lei provò a sfilargli i pantaloni, ma lui si oppose, voleva farlo da solo.

«Ho le mestruazioni» disse timida mentre lui saltellava su una gamba per togliersi i calzoni. La parola "mestruazioni" non arrivò alle orecchie del musicista. Una volta nudo le entrò dentro alzandole il vestito sulla faccia, Mimì vide scomparire la cresta leonina che le stava addosso, adesso sentiva solo il suo rantolare, si ribellò, voleva almeno vederlo in faccia, ma l'uomo le tenne il vestito sul viso con forza.

L'amore durò pochi secondi, l'uomo si accorse che Mimì perdeva sangue, si toccò e si mise un dito in bocca.

«Cos'è?»

«È sangue.»

L'uomo sputò per terra e si alzò di scatto rimanendo nella semioscurità in piedi e curvo con i pantaloni abbassati. A Mimì la sagoma sgraziata e tracagnotta apparve in tutta la sua ineleganza.

«Cosa guardi? Hai visto che casino hai fatto?» inondò l'aria umida e calda.

Mimì sentì l'ingiustizia, accusata di qualcosa di cui non aveva colpa. Gli diede una carezza sulla gamba nuda e sentì la pelle nocchiuta come se lì ci fosse stata una cicatrice enorme, un taglio antico che aveva trasformato il derma in corteccia. L'uomo non comprese la natura della carezza, un segno compassionevole più che erotico, e la scostò, le cercò la bocca con il cazzo. Un odore fortissimo, del proprio sangue asciutto e di un sudore sconosciuto e dolciastro, pungeva le narici e il palato di Mimì, che si rifiutò.

«Sei voluta venire tu, qui, ora cosa fai, hai sporcato tutto, arriva mia moglie, sai che casino, sai che ti ammazza, ti ammazzano qui.»

Mimì, mentre lo straniero parlava, si era già alzata e stava cercando la via d'uscita, vide una fessura d'argento nel mesto crepuscolo del bugigattolo, seguì la particola di luce mentre dietro di lei sentiva ruggire parole rabbiose. Si ritrovò sul prato dell'accampamento a piedi nudi, in mezzo alla gramigna e ai vilucchi, e iniziò a correre verso l'orizzonte colorato, nella direzione della festa.

Adesso era nel campo di terra dove poco prima aveva camminato con la premonizione di un'avventura gioiosa e ora zampettava spaventata e angosciata che qualcuno la potesse vedere. Nell'oscurità notò la presenza di altri che brancolavano come lei. Forse erano ubriachi che avevano trovato rifugio e si erano dati a guardare il manto stellato al sicuro. Erano due sagome nere che vacillavano camminandosi addosso.

Si sentiva braccata, i due si muovevano con singolari scatti quasi fossero usciti da una pellicola cinematografica d'altri tempi. Erano due giovani impegnati in un'animata conversazione dalle parole sconosciute, puntarono dritti su Mimì, di riuscire a schivarli neanche a parlarne, avvertiva già le loro mani sotto il vestito, tirare, strappare, sentiva il loro fiato in faccia, vedeva vicinissime le cicatrici nodose sul viso, le vene articolate attorno agli occhi iniettati. Vedeva milioni di particolari che nessuno avrebbe mai potuto notare se non in una camera illuminata a giorno, ma proprio mentre si dava perduta, li vide stramazzare al suolo come se fossero stati colpiti. Erano inciampati in un vitigno seccato che emergeva come un gancio robusto.

Furono poche centinaia di metri, la campagna era diventata ostile, incombeva su di lei l'ombra dell'accampamento che aveva abbandonato così in fretta. Il musicista la stava cercando, i due balordi che camminavano nell'oscurità si erano rialzati e la stavano cercando, gli amici di Biagino anche, per poterla prendere in giro, con i piedi scalzi, il vestito ridotto a una poltiglia, la stavano cercando. Un complotto o forse accanimento della sfortuna, Mimì non riusciva a tornare alla festa, ma al parcheggio sì.

Trovò a fatica la Panda incastrata nelle lamiere di altre decine di auto, per fortuna aveva ancora la chiave con sé, si guardò intorno, non c'erano cani, non c'erano neanche gli antenati e i santi che sentiva lei e basta.

Si sedette sul sedile, chiuse con la sicura, accese la luce e si guardò nello specchietto, aveva il suo lieve trucco integro, si guardò il vestito imbrattato di terra e di sangue, poi spense subito la luce e si mise ad aspettare. Adesso era nel suo rifugio, mancava qualche ora all'aurora, avrebbe dormito un po', si sarebbe svegliata con il cielo ricoperto di nuvole di cenere e con le campane di San Rocco.

1998

La gentilezza

L'uomo ha sogni agitati, non è la prima volta, da ventitré anni a questa parte, e non sarà l'ultima.

La notte arrivano i fantasmi.

Prima le voci.

Come in tutti i sogni le voci sono impastate, confuse in un borbottio, si assomigliano, non hanno un'origine precisa. Non appartengono alle persone che pensiamo.

Per Ippazio non c'era tregua quando era estate.

All'alba saliva nel naso un forte odore di sangue. Le vene delle tempie pulsavano, il cuore fremeva, la gola si inaridiva. Il magma delle voci era quello della fabbrica, quando correva sul filo di cemento solido che lo divideva dall'abisso delle colate fumanti. Le voci erano dei suoi amici in trincea, nelle luci argentine delle aurore nello spogliatoio, nelle parole strascicate durante i tramonti al neon. Le voci erano però anche identiche a un giorno che non poteva dimenticare. Nessun antidoto per la memoria, che possa ricacciare in un abisso le più spiacevoli ricordanze e tirar fuori i migliori dettagli della nostra vita: il profumo del pomodoro fresco che si scioglie in un forno a legna, la terra bagnata di fine estate e i fichi della Serra che sanno di iodio, sale e nebbia.

Ippazio nelle notti estive di insonnia riviveva il

pestaggio: aveva vent'anni, meditava di lasciare la fabbrica, di fuggire dalla Svizzera, tornare al Capu e prendere un'officina vicino a Tricase; nell'unico giorno di libertà aveva iniziato a dare una mano in un'autocarrozzeria. Rimaneva fino a sera inoltrata con le luci spente, il fioco bagliore di un lumicino simile ai riflessi cimiteriali. Una sera si era attardato nell'abitacolo di una Lada, aveva smontato il sedile in modo da poter lavorare disteso all'impianto del volante. Sentì delle voci nell'officina, era un garbuglio di suoni immerso dentro una caligine di fruscii, singulti e scompiglio. Se la sarebbe sognata per anni quella nuvola di note. Non potevano essere i proprietari dell'auto, né potevano essere nuovi clienti. Era troppo tardi, la saracinesca era abbassata, le luci spente; il fracasso che seguì era pieno di cattive intenzioni.

Per salvarsi dal branco a Mimì era bastato nascondersi sotto un letto, ma aveva dalla sua la coltivazione dei propri poteri magici, scomparire nel suolo, ritornare alla terra delle madri e delle sue origini. Mimì si era salvata perché era nascosta nel ventre sicuro delle proprie meditazioni d'infanzia, quando il mondo del sogno anche solo per un attimo diventa realtà.

I vetri del parabrezza diventarono un'onda di particelle finissime, scesero a pioggia sulle spalle di Ippazio. Il guazzabuglio di parole si trasformò in voci distinte di uomini minacciosi. Erano italiani. Cercavano lui. Lo estrassero come un bagaglio, Ippazio non oppose resistenza.

Erano cinque, sei, forse sette. Erano loro. I suoi vendicatori. Gli uomini che aveva temuto ai tempi della casa di vetro e che adesso la memoria aveva ricacciato nell'oblio. E proprio quando erano spariti erano ricomparsi, con visi feroci, colori bruni e denti scintillanti da belve.

Quando non puoi fuggire, quando ti colpiscono da

ovunque puoi solo raccogliere le forze da una zona intimissima. Una zona che batte sui tasti dell'anima e ti fa arrivare elementari dispacci al cervello, ma che aiutano a reggere i colpi.

Ippazio in posizione fetale ai piedi delle ruote della macchina, con la faccia contro il pneumatico, la carne dura, si ripeteva "fai il muscolo", "copri la pancia e il petto", "non offrire le parti molli al martirio". E poi arrivarono i dispacci più disperati, dettati dal risentimento e dall'odio. "Moriranno tutti prima di me", "li seppellirò uno a uno tutti quanti", "adesso non piangere, domani tornerò a casa".

Erano passati tanti anni da allora.

E ancora sentiva il sibilo del confabulare che arriva, sale, sino a mutarsi nella beffarda imboscata. Franca era la sua compagna, lo scuoteva nel sonno, gli offriva un abbraccio avvolgente, prendeva la forma del corpo di lui, le stesse curve delle gambe, poggiava la fica sul suo culo e i seni sulla schiena. Gli alitava parole gentili.

Franca era una donna imponente, sangue alsaziano, occhi acquamarina, lunghe braccia e capelli corti da maschio. Quando aveva conosciuto Ippazio era una giovane che occupava le case abbandonate, fumava molta marijuana, aveva vissuto a Londra, Amsterdam e Parigi, era di ottima famiglia, risultato di un ribellismo alto borghese, aveva messo la testa a posto dopo aver provato ogni genere di sostanza stupefacente. L'ultimo colpo di coda era stato prendersi un giovane italiano dalla faccia scura e le ferite di un pestaggio dentro casa, e poi dentro la sua vita.

Incontrò Ippazio nei giardini del day hospital di Zurigo. Bendato come il reduce di un incendio, passeggiava da solo su una stampella nel prato. Lei aveva passato la notte nella sala d'attesa del pronto soccorso, un suo amico aveva avuto un incidente, gli stavano ricomponendo una frattura, poi il gesso; lei aspettava e vide l'italiano solo che fischiava. Decise che era meglio aspettare con qualcuno, anche se italiano.

Ippazio non era scontroso, ma non era neanche uno che faceva il primo passo. Aveva cinque anni, vecchi amici erano giunti con la loro figlia, un anno più piccola, assai timida, con lo sguardo smarrito e fu presentata a Ippazio.

«Pati, lei è la Susanna» dissero i genitori dentro una stanza da letto. Si sedettero sulla trapunta di un piccolo letto ornato da merletti. «Adesso diventate amici.» E li chiusero nella stanza.

Era pomeriggio. Susanna e Ippazio seduti di sbieco l'uno davanti all'altra rimasero in silenzio sino a sera sfuggendo anche i loro sguardi. Un silenzio e un tempo che non passavano mai.

Quando tornarono i genitori non erano diventati amici, ma alleati sì. «Avete fatto amicizia?» Mossero la testa per annuire.

Ippazio era ancora così, pronto a qualunque alleanza per difendere il nucleo della propria indipendenza. I suoi silenzi improvvisi, certe oscurità indecifrabili che sfociavano a volte anche in un burbero risentimento caratterizzavano la sua vocazione: Ippazio voleva imparare. Il tedesco, suonare una chitarra, cantare, ma anche, non lo avrebbe mai ammesso, amare.

Poco tempo dopo aveva lasciato il ternitti. Le vere ragioni non erano mai state manifestate. Franca trovò la scelta di buon senso, ma sapeva che di buon senso neanche l'ombra in quell'uomo. Altro. Ma cosa? Lo immaginava. Ma non riusciva a inquadrarlo. Quando andava con una domanda diretta, Ippazio svicolava, deviando su altre storie, altri aneddoti che nulla avevano a che fare.

«Perché ti hanno cercato?»

«Roba vecchia, quando arrivammo in Svizzera.»
«Soldi?»
«Roba vecchia, basta. Voglio dimenticare.»
«Hai fatto bene a lasciare la fabbrica.»
«Sono triste.»
«Ma lì morivi amore mio.»
«Ma sapevo di che morte sarei morto.»
«Perché sei andato via?»
«Nessuno lì dentro ha paura, solo quando sei fuori.»
«Non mi rispondi.»
E Ippazio seguiva soltanto il solco di un suo individuale percorso dei pensieri.
«Quando sei fuori ti nascono tutti i dolori, quando ci pensi ti fa male il petto e inizi a starnutire fino alle lacrime. Alle volte le lacrime sono talmente salate e dense che mi pare di piangere sangue.»
«Perché non mi racconti la verità?»
«Non ho più sangue. Questa è l'unica verità.»

È l'aurora. Le onde sembrano mustacchi bianchi, deflagrano contro la riva. La caletta di sabbia a Leuca ha riverberi azzurri e rosacei. Le colline trapuntate di ville feudali sono a strapiombo sulla baia, qui il mare sembra aver guadagnato terra.

Ed è lì, la signora dei nascondigli, in una torretta di pietra in cui le madame si facevano il bagno lontane da occhi importuni e plebei, nell'armatura di selce a pochi metri dalla battigia.

Una donna sola che prega i suoi spettri.

Ha la linea della mandibola serrata, due spigoli netti, piccole rughe attorno agli occhi, fessure oscure di chi non ha dormito. Capelli neri raccolti morbidi all'indietro e trattenuti da fermagli invisibili. È in ginocchio con la naturalezza di un fachiro. Le giunture affondano nella sabbia bagnata. Si nasconde, si concentra per ascoltarli, e per conoscere il loro lontano dispaccio celeste.

Per Mimì era il luogo ideale per incontrarsi con i suoi antenati; c'era il mare che tuonava nella pietra, nessuno la poteva vedere e nessuno poteva sentirla parlare da sola.

Aveva trascorso tutta la notte nella processione che univa Alessano a Leuca. Undici chilometri a piedi per onorare la Pace e l'Assunta, nella nottata tra il 13 e il 14 agosto, quando il cielo è incendiato di stelle cadenti e di fuochi artificiali delle contrade devote alla Madonna. La cerimonia era stata voluta da don Tonino Bello, il sacerdote che qualche anno prima Mimì aveva conosciuto in un patio ad Alessano, il piccolo comune dei frantoi rupestri e millenari che divide Tricase dal mar Ionio.

Era un rito a cui Mimì non aveva mai partecipato; camminare senza sosta tutta la notte con una fiaccola in mano le era sempre sembrata una follia fanatica, ma era successo tanto in quegli anni, da farla riconciliare con una vita che non le era mai appartenuta. I padri del suo paese si erano ammalati e stavano morendo. Il padre di Anna, il padre di Teresa, e poi l'uomo di una sua vicina. Di lui si potevano contare le ossa quando stava sugli scogli a Novaglie.

Forse erano solo dei casi. Coincidenze sventurate. Ma Mimì vi vedeva un disegno: sentiva che le era sfuggito e adesso doveva riappropriarsene. Avevano lavorato fuori in qualche fabbrica tedesca, svizzera o del Nord. Per molti di loro si era trattato di amianto, per altri di fumo siderurgico, carbone, e poi sostanze chimiche, acetilene, elio, gas. Ognuno di quegli abitanti di Tricase, Corsano, Acquarica, Presicce, Gagliano, Novaglie, Tiggiano aveva dato il suo contributo alla modernità e all'eccellenza dell'industria. E il suo contributo era un corpo svanito, un respiro ridotto e le iridi spente degli occhi.

Mimì pensava che le tragedie incrementavano l'intensità di ciò che stava vivendo. I ragazzi del paese quando dovevano affrettarsi a fare una cosa e questa fretta era condita da ansia usavano un'espressione gergale che lei sentiva sua: «Tengo il pepe al cuore».

Era solo una fatalità senza prove, è vero, ma per Mimì un luogo che si tramutava in un paese di vedove e orfane era un segno. Era come se la senilità, la stagione più complessa dell'esistenza, fosse riservata a una parte del genere umano. Agli uomini una morte rapida e atroce entro i sessant'anni, alle donne un paio di decenni di solitudine alla quale Mimì sentiva di doversi ribellare.

Una maledizione? Forse solo un tributo, come le guerre, come l'emigrazione: quando c'è un genitore contingentato c'è sempre un figlio salvato.

Fermentava in Mimì il sentimento di non perdere neanche una briciola della vita, rastrellare ogni emozione. Il paese degli emigrati che muoiono per molti è pura successione di avvenimenti, il normale andamento del ciclo esistenziale, ma per chi è di indole compassionevole, oppure sensibile, l'anima non può avvolgersi in un carapace. Scegliere. E se non si sceglie vincono le convinzioni maturate, le abitudini indurite. Nuotare seguendo la corrente. Ma che gusto c'è a farsi trascinare? Per Mimì la vita era nuotare contro il flusso. L'appagamento stava nella strada che si è fatta contro la corrente del corso degli eventi.

Nel pellegrinaggio durato tutta la notte aveva camminato affianco a un uomo che odorava di latte e agave, era stato tra i più intimi di don Tonino. Gli assomigliava anche, scuro, con la faccia squadrata e gli occhi vividi; le aveva raccontato del viaggio a Sarajevo di don Tonino.

Era una notte di dicembre, cinquecento pellegrini capeggiati dal sacerdote salentino sbarcarono in Dalmazia, e a piedi raggiunsero Sarajevo sotto il tiro dei cecchini che non davano tregua.

«C'era tanta nebbia» le narrava, «un denso vapore giallastro arrivato solo per poche ore. Ci salvò.»

La "nebbia di Maria", come fu ribattezzato il miracolo, permise di portare cibo e medicinali e di tornare incolumi, per narrare l'impresa.

Chissà se era stato davvero così, ma la passione con

cui l'uomo descrisse la nebbia scesa sulla spedizione per proteggerne il cammino la conquistò.

Era privo di qualunque sensualità, eppure Mimì percepì che doveva concedergli un bacio, un bacio profondo, che lo esaudisse come una notte d'amore. E prima di ripensarci lo prese con entrambe le mani tra i capelli e porgendo le labbra sulle sue sconosciute entrò nella sua bocca e nella sua testa. Sentì dentro la gola il sapore forte di sangue e acido, la poltiglia che forma sul palato l'emozione. Poi, ancora stupefatto, quasi grato l'uomo fu portato via dalla confusione e dal buio e Mimì, sola, rimase nella torretta a udire il mare e a rimuginare sulla notte trascorsa.

A pochi metri un altro uomo in abito scuro, cravatta sciolta, camicia bianca, camminava a piedi nudi sulla spiaggia leucasina cercando qualcosa, o forse qualcuno.

Cercava Mimì. Provò a chiamarla al telefonino che le aveva regalato poche settimane prima, ma lei ancora lo dimenticava spento.

Avrebbe voluto gridare "Mimì!", ma si vergognava, non sapeva ancora che per tale ritrosia l'avrebbe persa.

Lui era un avvocato di Lecce. Era andato a ballare tutta la notte allo yacht club nei pressi del molo, si erano dati appuntamento all'alba. «Mi troverai sulla spiaggia» gli aveva detto Mimì. La caletta sabbiosa di Leuca è piccola, pochi metri, si percorre in cinque minuti. Se avesse avuto il coraggio di chiamarla ad alta voce l'avrebbe trovata; Mimì lo sapeva.

Il mare era trapuntato da una coperta di minuscoli bagliori, i luccichii del sole d'aurora, l'ombra corse nell'orizzonte della battigia, l'uomo rimase silente. Non la chiamò ad alta voce, gli mancò il fiato e forse l'audacia.

E un'altra storia era finita.

«Ma come, lu hai lasciato perché non ha gridato "Mimì, Mimì" alle cinque del mattino?»

«Lampu, ma tu si paccia figghia mea.»

Anna e Teresa stavano processando Mimì per la sua ultima stranezza. Con la testa alta davanti al caffè che fumava, le facce attonite delle amiche.

Mollare un uomo che non aveva "cacciato" la voce.

Mimì era questa.

Il meccanismo dei suoi sentimenti aveva rovelli dalle funzioni complesse. Orgoglio, pudore, ma anche dedizione e sfacciataggine quando era necessario.

Solo chi l'amava poteva capire che la contraddizione era la sua essenza.

Non aveva alcuna intenzione di cambiare per compiacere i suoi amanti. Non aveva alcuna intenzione di rinunciare ai suoi fantasmi, alle sue preghiere personali e laiche, alle sue vite immaginarie e ai suoi nascondigli.

«L'avvocato nun tene coraggio, se si scuorna per 'na piccola cosa come a chista me fa passare la vula de stare apprissa a iddo.»

I processi di Anna e Teresa erano la consuetudine delle domeniche pomeriggio e si svolgevano a casa di Mimì perché il marito di Anna era contrario che sua moglie frequentasse "chidda paccia", quella matta. Chissà che idee poteva mettere in testa una che si era cresciuta una bambina senza perdere un giorno di lavoro e senza un marito. Una che in Svizzera, così giovane, si era fatta mettere incinta e in paese usciva con uomini sempre diversi.

Era donna chiacchierata, Mimì. Chi la conosceva si domandava se fosse stata madre generosa o degenere, se le sue attenzioni per Arianna erano state sufficienti e se dunque sua figlia all'università a Roma fosse davvero studentessa di Medicina, se stava troppo a parlare da sola, se usciva di frequente con gli uomini, e questi uomini chi erano, com'erano fatti.

Se, se, e se e ancora se.

L'avvocato che Mimì aveva mollato era un uomo molto noto a Lecce. Era finito pure sulla prima pagina del quotidiano locale perché si era proposto di difendere gratuitamente le famiglie dei naufraghi di una barca di emigranti curdi speronata da una nave della marina militare. Ammirato e gentile, dalla vita gaudente e misteriosa, con una pittoresca chioma rasta, si era preso tanti complimenti per la sua generosità, ma soprattutto aveva conquistato la donna più desiderata del Capu, Mimì Orlando.

Si erano conosciuti qualche mese prima a una festa di pizzica e comunione, le baraonde in cui musicisti locali suonavano il tamburello e cantavano le tarantate. Mimì c'era andata con spirito critico: «Tutti pensano di saper suonare oggi», per alcuni mesi era stata con un percussionista e aveva imparato a capire se ciò che ascoltava era buona musica o robaccia.

L'avvocato era in delirio etnografico, un uomo che aveva studiato fuori, era tornato a Lecce e si era aperto una sua attività. Coltivava dentro di sé diversi tarli artistici. Girava pietosi documentari, tentava di suonare il tamburello e si spacciava per fotografo di ritratti andando le domeniche mattina in giro per paesi e rubando scatti ai vecchi nelle piazze. Era talmente privo di grazia che veniva preso a male parole. Proprio la goffaggine e la fame di vita avevano, all'inizio della loro relazione, avvinto Mimì.

Alla madre Rosanna quell'uomo piaceva. Mimì si chiedeva in quale modo era riuscita sua madre ad avere notizia di questa relazione, ma ci sono voci che non riescono a restare mai segrete in paese e in famiglia.

«Chi te lo ha detto.»

«Se sepe in giro.»

«Ma chi mi ha visto?»

«Nisciuno, ma si sepe.»

«Nun l'aggio detto a nisciuno e tu sai tutto. Mamma, hai parlato con qualcuna delle mie colleghe?»

«È nu bunu uagnone, quisto soltanto soi.»

«Ci sapi, mamma. Nun sai niente si è bonu o guasto. Tu non sapi nenzi, nenzi.»

«Ma è come dicono de iddo, uno in gamba?»

«Aggio capito. Nun vale nenzi, è beddu, ma nun sepe notare, tene la vula di ballare e non sepe ballare, tene la vula di sonare e non sepe sonare. Tene la vula de fare un film e non sepe fare film. Tene tante vula ma nun sepe fare nenzi.»

In compenso la portava su una motocicletta d'epoca lungo la litoranea da Santa Cesarea, passando per Castro, Andrano, Marina Serra, sino a Leuca. Nella strada tortuosa e mozzafiato che tagliava le rupi a strapiombo sul mare, l'avvocato teneva un'andatura non sostenuta che permetteva a Mimì di guardare ficare e pajare con l'occhio di una bambina. Il casco era vietato, perché lungo la strada ti entrava la salsedine del canale d'Otranto e il vento dell'est. Non c'era legge che teneva per Mimì.

«Mettiti il casco» implorava l'uomo, terrorizzato. «Se fanno una multa la fanno a me.»

"Parla, parla" pensava Mimì, "questo paradiso me lo vivo adesso." E mentre la motocicletta borbottava nelle salite più aspre o scoppiettava quando era in discesa, Mimì con il casco sul braccio, i capelli sciolti, e la pelle che si strappava nel vento, godeva, rideva e chi la vedeva avrebbe creduto che fosse in estasi.

Rosanna auspicava che Mimì portasse a casa l'avvocato-motociclista-documentarista, aveva anche ritagliato la sua foto dal giornale e la faceva vedere a chi chiedeva della figlia. «Sta con sto tipo, è uno che spiccia sui giornali, chistu, uno importante.»

Nel folto dibattito sull'avvocato aveva detto la sua anche Biagio Orlando in arte Celestino.

Una frase che fu lapidaria.

«Nun beve nenzi, nun vale nenzi.»

[illegible]vvocato conduceva Mimì in luoghi appartati. Si [illegible]vano spesso per strada, lui fermava l'auto davanti [illegible]na stazione di servizio buia e chiusa e la alzava c[illegible] un muro mentre Mimì sospesa lo cingeva sino a [illegible]larlo con le sue gambe nervose, tanto che lui le [illegible]a spesso con un tono stridulo: «Mi fai male».

L[illegible]rtava nei boschi di faggi, negli uliveti, dove si amavano sul cofano o contro un albero. A Mimì piaceva finire in quei posti, e uno in particolare la turbava ed eccitava, un vecchio zuccherificio abbandonato.

Nascosto nelle falde di una piccola vallata, sembrava un insediamento carsico, a metà tra una gravina e il cratere di un vulcano. Era una scatola di ferro e latta, fatta di pannelli arrugginiti dal tempo, e c'era un viale di acciottolato ricoperto di lamine rugginose. Dentro era rimasta ancora un'aria dolciastra, il dolce che precede di pochissimo il nauseabondo odore delle discariche. C'era un angolino con un materasso dove durante il giorno qualche tossico si bucava. Un posto pericoloso, che aumentava l'adrenalina dei loro incontri e che col passare del tempo diventava indispensabile.

«Mettiti il vestito migliore che hai» le chiedeva l'avvocato, e Mimì ubbidiva, avvolgendosi in abiti scuri, con una sola cerniera, un solo bottone, apparentemente inaccessibili. Calze nere, l'ultimo reggicalze che si era fatta cucire sui suoi fianchi da una complice sarta di Castrignano, scarpe alte, per poi andare in un luogo abbandonato da tutto e tutti, ma non dagli odori e dai sapori delle canne da zucchero.

A volte una luce si accendeva in fondo al viale mentre l'avvocato e Mimì erano incastrati, qualcuno li aveva scoperti. Un vecchio barbone, un tossico disperato, ma mai nessuno li aveva interrotti: la fiammella si dileguava così com'era venuta, simile a una cometa o a un fuoco fatuo. Il prodigio benigno di uno spirito ospitale.

Quando tornava a casa, spesso, Mimì non si era neanche spogliata, ma aveva fatto l'amore tutta la notte in luoghi diversi e le rimaneva una scia nera di eye-liner sulla guancia, unico tratto di passaggio dell'avvocato.

Una notte lui propose a Mimì una festa a Lecce. Aggiunse sull'invito l'aggettivo "speciale" con sospetta frequenza.

"Sarà una festa speciale", ci sarà un "incontro speciale."

Una collana di lumini lungo le scale del castello di Carlo V disegnava il percorso dall'ingresso. Gli ospiti seguivano la scia della musica che proveniva dalla stanza in cui suonava un'orchestra.

La donna con il calice di prosecco rise, aveva la schiena nuda, i capelli neri sciolti sulle spalle, e nella luce scintillavano i suoi occhi dipinti. Gli uomini la osservavano senza farsi vedere; mentre lei rideva, chiudeva le palpebre e solo allora qualcuno la guardava dritta dalle scarpe sino alle chiome. Senza paura.

Era Mimì.

Per tutta la sera l'avvocato era rimasto con lei; assieme a loro c'era una ragazza che lavorava in uno studio di Brindisi. Lui aveva insistito a lungo nello spingere le due donne a chiacchierare tra loro. Mimì faticava a memorizzare il nome di lei, qualcosa di esotico, Aspasia o Acaia, forse un nome d'arte. Era molto più giovane dell'età che dimostrava. Aveva il viso ricoperto di pesante fondotinta, le ciglia allungate affioravano da uno sguardo blu come le iridi e come il trucco. A suo agio in un elegante tailleur a fiori, raccontava con audacia alcune avventure amorose alitando a pochi centimetri dalla bocca di Mimì come se da un momento all'altro avesse dovuto baciarla. Una sventatezza che Mimì trovò divertente, ma col passare dei drink, la bocca perse la grazia dell'inizio, acquistò il sapore dell'alcol e delle sigarette, la voce della donna diventò roca.

La gentilezza è un dono dell'anima.

Mimì credeva a questo, con la gentilezza si possono smorzare i piccoli sgarbi e i grandi dolori, la gentilezza è una qualità che esercitano le persone che sanno ascoltarsi. Nella serata del castello nessuno esercitava gentilezza, ma soltanto cordialità. Un rito convenzionale fatto di sorrisi tirati, di frasi recuperate da un massimario di scontatezze:

«Di cosa ti occupi?»

«Di cravatte.»

«Le disegni?»

«No, le faccio.»

«Le produci?»

«No, le faccio, sono un'operaia.»

«Anche io mi sento un'operaia.»

«E invece non lo sei.»

«Già, faccio l'avvocato, come tu fai le cravatte, ma sono altro, sono una pittrice.»

«Cosa disegni?»

«Disegno corpi femminili, sono linee, pochi capiscono che sono donne, ma anche Klimt era così.»

«Non lo conosco.»

«Quello del bacio. Però non mi paragono a lui.»

«Peccato.»

«Ma oltre alle cravatte fate altro?»

È un cravattificio cretina. Si chiama cravattificio perché si fanno le cravatte.

«No, per adesso quelle e basta.»

La gentilezza si esercita con lo sguardo, col tono della voce, ed è uno stato dell'anima che si instaura tra due animali innamorati oppure tra due esseri umani che hanno la naturale predisposizione verso la grazia delle cose. Grazia. Una caratteristica che uomini non necessariamente colti, ma dotati, sì, di intelligenza, esercitano senza sforzo.

I lumini si erano spenti e la festa era scemata. Il colore del castello era adesso la penombra. Scesero tutti e tre le scale e raggiunsero la macchina dell'avvocato.

«L'accompagniamo a casa?» chiese Mimì in uno dei pochissimi momenti in cui rimase sola con l'avvocato.

«La portiamo con noi.»

«Non capisco.»

«Vi piacete, mi pare.»

«È spiritosa, ma niente di più. Disegna. Io faccio cravatte.»

«Non importa, facciamo un gioco.»

La ragazzona arrivò prima che Mimì potesse proseguire il dialogo. Salirono in macchina, Aspasia era seduta dietro e passò una strana carezza fin sotto la guancia di Mimì.

«Sei tanto bella.»

«Ho una figlia come te» disse Mimì, voleva essere sgradevole, ma le venne un tono ambiguo, il palpito del cuore aveva sopraffatto la frase appena pronunciata, e questo accrebbe l'equivoco.

«Facciamo vedere ad Aspasia un posto misterioso» propose con aria complice l'avvocato.

Mimì prese un forte respiro: «Voglio tornare a casa se non ti disturba, domani è la domenica delle Palme, arriva Arianna e vorrei farmi trovare». Era una scusa maldestra.

Non ci furono altre parole fino al ritorno. Aspasia scese silenziosa, e silenzioso rimase l'avvocato lungo tutta la statale che andava sino al Capu.

«Certe iniziative è meglio prenderle in due, non credi?»

«Era solo un gioco.»

«Appunto, lo potevamo concordare.»

«Aspasia non è una ragazza come le altre.»

«In modo indiretto, ma mi stai offendendo.»

«Mimì, quanto sei complicata.»

«Ah, adesso sono pure complicata, sono io, quella fatta strana, e allora visto che mi conosci e ti senti tanto splendido a fare una cosa a tre, perché non hai chiamato 'nu vagnune invece d'una vagnuna?»

«Non posso vedere un altro uomo nudo in spiaggia, figurati a letto con la mia donna.»

«Però io 'na vagnuna sì, invece, eh? Avvocato, a me piacciono li vagnuni. La prossima volta domanda alla tua signora cosa piace e cosa no e se facciamo una cosa diversa la facciamo che piace a tutte doie. Intesi, assignoria?»

Tornò che era notte fonda, danzava sulle punte dei piedi per fare meno rumore possibile. Era abituata a tornare nel buio per la stradina sbreccata cinta dai muri sugli orti con la leggerezza nelle caviglie e la stanchezza nell'animo. Anche se Arianna era qualche chilometro più su, in un treno, era come se dormisse sempre nella sua dimora, nella stanza accanto alla sua.

Fare silenzio, non disturbare. Monito da non tradire.

Ma cos'era quella folla, un grappolo di persone si era radunato accanto a casa. Ce n'erano una quarantina, qualcuna gridò alla sua apparizione:

«Corri Mimì, c'è Celestino che si crede Gesù.»

Biagio si era barricato in casa e aveva iniziato a ululare richiamando il vicinato e la forza pubblica. Ubriaco, blaterava di essere il Cristo sceso in Terra per dividere con la spada i padri dai figli.

«Povero Antonio e povera Rosanna» diceva qualcuno. Nessuno che diceva povera Mimì, mentre Celestino urlava con la voce sconquassata tale e quale a un indemoniato. Ripeteva, pedissequo, un sussidiario del provetto sacrestano:

«Oh, popolo mio, che male ti ho fatto?»

Erano le parole del Gesù della via crucis appena rappresentata nella sua parrocchia.

Escluso dai ruoli principali, era stato relegato a un posto secondario, uno dei centurioni minori, perché si era rifiutato di frustare, ancorché nella finzione, il Cristo.

Celestino, appena finita la via crucis, era tornato a casa aggiustato come al suo solito, una boccia di "Parrucca" nascosta sotto la tunica. Aveva presto iniziato a dare di matto, urlando e spaccando tutto, aprendo le finestre e minacciando il vicinato di un'apocalisse imminente e purificatrice.

Il trambusto aveva fatto accorrere tutti quanti.

«Non si dorme con chistu pacciu, Mimì, tu si troppo lasata con tuo fratello» le disse un uomo anziano con la gola illuminata da una torcia elettrica. Aveva un tono aggressivo, simile agli occhi che ardevano di raggia.

Intanto Celestino, nonostante tutto, recitava sapendo che la gente fuori non era meno malvagia dei centurioni, degli anziani del sinedrio o della folla che salva il bandito Barabba e condanna il Signore.

Celestino era diventato il Gesù della via crucis come aveva sempre sognato. Additato, condannato, crocifisso, stessa condizione di tutti i giorni della sua vita, di bar in bar fino alla resurrezione.

Mimì inserì la chiave, ma non girò.

Biagino era barricato dentro.

«Chiamate i pompieri da Maglie» acclamavano fuori. Trascinarlo in un manicomio, riaprirlo solo per lui, dormire. Si confondevano nella testa di Mimì le voci che diventavano una sola voce di protesta, un unico minaccioso ammonimento che rimbalzava sulla condizione di suo fratello per avere agio e colpirla. Provò sollievo quando si materializzò Federico con suo padre il Vope. «Mimì, ci va domani 'u vagnune meu a prendere Arianna alla stazione» le disse il Vope che era uscito in pigiama e cappotto, appena aveva appreso la notizia da Federico.

Il piccolo gesto di conforto le diede forza.
Si posò con tutto il viso contro la porta e iniziò a parlare.
«Biagino, sono Mimì.»
«Non c'è Biagino.»
«Mimì, tua sorella.»
«Sono Gesù.»
«Biagino, ti prego.»
«Prega sì, se preghi ti salvi.»
«Biagino apri, che qui buttano a terra la porta.»
E mentre disse così sentì esplodere qualcosa dentro casa. Biagino scaravoltava i mobili, ribaltava le credenze e i tavoli, suscitando un frastuono che fece calare il silenzio su chi era accorso. C'era una spessa oscurità, quasi si potevano sentire i respiri di tutti che attendevano una svolta imminente.

«Biagino, ti prego.»
«Vai via, vergognati per una volta di te e non di me.»
«Perdonami Biagino, sei la persona che amo di più assieme ad Arianna. Aprimi, sei l'unica persona che mi è rimasta.»
Fu allora che un forte odore di gas riempì l'aria.
«Ha aperto il gas», gran parte della gente sciamò via correndo, il maresciallo dei carabinieri, un ragazzo piccolo e olivastro dall'accento barese, andò a muso duro da Mimì ma anche con una sottile pena addosso. «Signora, qui dobbiamo sfondare la porta e dobbiamo portarcelo via almeno per calmarli.»
«Mi faccia fare un ultimo tentativo. Se mi apre non lo arrestate, vi prego.»
«Mi dispiace, dobbiamo portarlo con noi.»
Mimì voltò le spalle all'uomo in divisa e andò contro la porta. Si accovacciò sino alla serratura e iniziò a soffiarvi dentro il copione che la disperazione di ciò che stava accadendo le suggeriva. La gentilezza. Fece ogni sforzo per recuperare l'ultima stilla di gen-

tilezza della serata. E cos'è la gentilezza se non grazia, un pizzico di amore, polso e qualche piccola bugia a fin di bene.

«Signore, sono venute le guardie del governatore, è giunta l'ora.»

Il carabiniere si irrigidì, si scambiò uno sguardo perplesso con il suo appuntato.

«Signore.»

Ma non c'era bisogno di andare avanti nella recita. Celestino aveva capito, era stato riconosciuto. Aveva bisogno che qualcuno lo sentisse e avvertisse le sue aspirazioni, anche se l'aspirazione era la più bizzarra del mondo.

Ci fu un altro silenzio inatteso, la chiave della porta girò e si aprì, una forte zaffata di gas riempì le narici, ma Celestino era lì, in piedi sulla soglia. Mimì gli si gettò al collo un attimo prima che chiunque potesse fare qualcosa a suo fratello. Se lo baciò e gli asciugò il sudore che scendeva in minuscole perle dai capelli usando le proprie guance, ne aspirò un po' con il naso e avvertì nella bocca il sapore salato delle lacrime, e mentre stringeva forte suo fratello seppe che non era sola, non sarebbe mai stata sola con lui, anche se era fatto male, era un uomo rotto. Per questo era un uomo pieno di verità.

2000

Parmasie

L'ospedale era ricoperto di luci natalizie, la statua del suo fondatore era nel buio dello slargo innanzi alla sbarra; il buio faceva sembrare le cose più antiche, enfatizzava i piccoli rumori come le suole sull'asfalto bagnato, lo sfregare dei tessuti, il trafficare delle porte.

La corsia era illuminata dai balenii del neon ospedaliero, riflessi abbacinanti che rendevano lucidi i volti dei visitatori. Portavano il cappotto come se non vi fosse stata differenza fra dentro e fuori; c'erano capannelli di gente davanti a ogni stanza, bisbigliavano tutti, qualcuno scoppiava in una risata improvvisa, tornava il brusio sommesso di chi parla a voce bassa per non disturbare.

Stanza 14, reparto di Medicina generale. Gli orari erano più ferrei di Otorino-Laringoiatria, lì non c'erano più posti per i malati di mesotelioma pleurico. Da un po' li rimandavano a casa, a curarsi e mettersi in attesa. Dicevano "attesa" e ognuno pensava che la parola si adombrasse di un altro tetro significato.

Antonio Orlando se ne era andato via l'anno prima e con lui decine di abitanti maschi della casa di vetro di Zurigo. C'era una mappa che Mimì conservava nei ripari del cuore. Una mappa con i nomi delle famiglie con cui aveva vissuto quella manciata di mesi, e tutte quelle famiglie avevano conosciuto l'agonia lenta di un loro maschio. Dei più anziani non era rimasto nessuno, Mimì aveva assistito a una dozzina di funerali e per ognuno aveva usato lo stesso abito blu scuro, perché le donava, e lo stesso copricapo ornato da un'antica veletta che si era cucita in un miscuglio, che spesso la possedeva, di civetteria e malizia.

Al termine di ogni cerimonia Mimì raggiungeva sua madre Rosanna. Una volta insieme, i loro gesti si coordinavano in una sinfonia di tappe stabilite: estraevano dai bauli di tiglio i capi del corredo inutilizzato di Mimì, scioglievano al sole un lenzuolo o una tovaglia poi, senza dirsi una parola, lo ripiegavano tenendo i bordi dalle parti opposte del cortile. Lo tiravano con uno strattone forte, infine ruotavano le braccia come avessero abbracciato un grande cesto di paglia, a vederle da fuori le due donne sembravano danzare tra drappi e ricami. Dopo aver ripiegato il corredo lo aggiungevano alla parmasia, che consisteva nel prendersi cura della fame dei parenti di chi era morto, nel cucinare per loro, ma era anche il grande paniere di pasta, zucchero, olio, confettura di mele cotogne e pomodori secchi.

Per chi era morto di ternitti si aveva una cura speciale affinché la parmasia fosse priva di latte. Ne avevano bevuto sin troppo da giovani, gli "aitanti" operai che respiravano asbesto con il sogno di essere immuni al mal di petto.

Lo spirito con cui si riempie una parmasia è lo stesso del primo servizio che ci viene richiesto da bambini: emozione, paura e un innato senso di responsabilità. Riempire un paniere vale più per i morti che per i vivi anche se saranno loro, i vivi, a mangiare e usare i beni del cesto. E il trapasso muta in un viaggio, lungo o breve che sia, ma il più possibile confortevole.

I visitatori potranno restare fino a mezzanotte e dieci, dopo il brindisi, poi dovranno andare via. La direzione aveva concesso questa deroga perché si trattava di un Capodanno speciale.

La notte tra il 31 dicembre 1999 e il 1° gennaio 2000 Mimì era nel reparto ornata da un sorriso. Non erano cambiati, nonostante i lutti recenti, i capelli corvini d'un tempo, i lineamenti marcati da rughe gentili; s'era accentuata l'incavatura delle guance, e dopo una giornata al cravattificio crescevano piccoli chiaroscuri tra le linee degli zigomi e delle orbite tanto che potevano trasparire nette le sporgenze del mento e del naso. Sotto le luci del tramonto i tratti spigolosi del viso si bagnavano di una nuvola evanescente che le circondava il volto e faceva sparire ogni ombra.

Domenica Orlando era sempre con un soffio sottile di trucco sotto gli occhi, le mani affusolate e nervose come se invece di intrecciare cotone e seta pizzicassero appena le corde sottili di un'arpa.

«Hanno già fatto mezzanotte in Australia e non è successo nenzi!»

«Ceddisci.»

«Nenzi, proprio nenzi!»

«Mimì, ma hai sentito che dovevano togliere la luce?»
«Nenzi, Vope, nenzi, statte bbonu ho preso lo spumante che piace a ttia, dolce, nu sciroppo.»

Mimì e il Vope, venticinque anni dopo le notti trascorse in due letti vicini con Ippazio che le accarezzava i neri capelli, erano lì l'uno di fronte all'altra. Lui infilato sotto le coperte, avvolto in un pigiama grigio lucido con i bottoni argentati, di un'eleganza fuori luogo, l'etichetta appiccicata al collo.
Mimì in jeans strettissimi e un maglione striminzito, adorava i colori accesi, smaglianti, le fiamme – «È bruttissimo, ma è l'unica cosa rossa che ho trovato stasera» –, era con la moglie del Vope e i due rispettivi figli, Arianna e Federico; conteggiavano tutti insieme i secondi che mancavano all'arrivo del nuovo millennio.
«Nove... otto... sette...», lo sfrigolio di un petardo e poi il cielo nero dell'Adriatico nelle finestre dei corridoi dell'ospedale disegnato da bagliori colorati.
«Sei... cinque... quattro... tre», Mimì stringeva una bottiglia di spumante e con la mano premeva sul tappo.
«Due, uno, buon anno!» Il tappo saltò seguito da una scia bianca di vapore.
L'allegria era contenuta, ancorata dal piombo delle circostanze. Mimì strinse il ginocchio del Vope che usciva dalle coperte, gli fece una piccola battuta, in dialetto, il Vope sorrise. Restituì un cenno come se avesse voluto parlarle vicino all'orecchio senza essere sentito dagli altri. Mimì si piegò. Qualche parola sarebbe arrivata anche agli altri, ma non la sostanza. Ed era una sostanza preziosa. Quasi un segreto.
«Lu Pati l'ha visto che lì morivamo.»
Mimì trasalì quando sentì il Vope chiamare così Ippazio.
«Non voglio sapere di Ippazio.»
«Non lo chiamavi Pati?»
«Non più.»

«Ma questa te la devo raccontare.»

«Lascimu stare i fantasmi.»

«Ma perché tu non hai visto. Nun sai.»

«Saccio bonu, so.»

«Nun sai nenzi. Ascoltami, una notte facemmo il turno insieme Pati e io. Ne vedemmo cadere uno nel cemento. Fece un urlo che io ancora mi sveglio la notte. Tirò la testa fuori dal fumo e poi sparì. Il giorno dopo Pati ha bruciato la tuta e non è venuto più. E secondo me s'è salvato. Io la tuta non ho avuto il coraggio di gettarla via e ho bevuto il latte. Perché ci dicevano di berne tanto per salvarci. Adesso vedi che fine ho fatto, sono qui. La fine di uno stronzo. Solo gli stronzi non lo sapevano, non lo volevano sapere.»

Mimì era a disagio, ma apprezzò nel fondo del proprio animo quell'uomo che guardava fiero negli occhi la morte. Pati l'aveva vista ed era fuggito, il Vope aveva fatto finta di niente, l'aveva accettata come suo padre Antonio Orlando, senza vanagloria, senza volersi annebbiare la mente in nessun modo, le andava incontro con semplicità tale e quale a un assalto di fanteria contro un esercito mille volte più grande. La confessione del Vope meritò un'ulteriore ammissione, ma questa volta di Mimì.

«Tutte le notti facevamo attenzione a non farci sentire da te» confessò lei con una voce che le venne da qualche remotissima e vergognosa distanza.

«Ero stupido, invidiavo la vostra felicità. Ho sempre faticato ad ammetterlo.» Il Vope non riuscì a dire tutto ciò che gli ribolliva, la volta che fece la spia a mamma Rosanna, quando fece bere la birra a Biagino millenni prima che diventasse Celestino. Avrebbe voluto parlare a Mimì degli anni di vetro, delle notti attraversate aspettando un singulto, col desiderio che i due innamorati gli parlassero. Che lui aspirava a un'amicizia. E basta. E infine Federico e Arianna, nell'amore tra i due figli c'era qualcosa di risarcitorio.

Mimì gli si avvicinò all'orecchio. Fece riserva di tutta la sua gentilezza: «Dimentichiamoci le cose che ci hanno fatto star male e pensiamo solo ai ricordi che ci fanno sorridere». Per Mimì si trattava di un esercizio dell'anima. Trattenere le parti più belle dei propri ricordi, il bene: se la notte di San Rocco anni prima a Torrepaduli Mimì si fosse fermata al bacio con il musicista misterioso, sul predellino di una roulotte in periferia; se con Ippazio secoli fa avesse preso il buono delle carezze nel suo letto; se da Zurigo si fosse portata la vita nuova con Arianna e non la scia di parmasie che era costretta a riempire.

«Per questo che hai sempre un viso così felice.»

«Non lo so.»

«Per questo che parli sempre da sola?»

«Non ci avevo mai pensato.»

«Ce tte disci?»

«È un segreto.»

«Non me lo puoi dire adesso che me ne sto andando?»

«Non te ne stai andando. Ti voglio bene. E voglio bene anche a Federico.» E dopo aver detto questo bagnò un garza con l'acqua, la passò sulle labbra del Vope e poi sugli occhi che si erano riempiti di una cenere giallastra.

«Federico è un ragazzo semplice.»

«Anche Arianna. Ha avuto tetta, amore, calore e sicurezza, quando sarà sotto dura prova reagirà sempre in modo sano.»

«Federico lo vedo, e non so mai come sarà.»

«Ha una mamma unica e coraggiosa e per adesso pure una suocera altrettanto unica, è meglio che se la tiene stretta Arianna.»

«È la vita sua.»

«Basta, imu cuntatu mutu su i fiji nosci.»

«Mimì, sto morendo come don Tonino.»

«Tocca che ti facciamo santo pure a ttia allora?»

Il Vope sorrise. Una mezzaluna amara, i denti brillarono nella luce artificiale e gli occhi si chiusero di stanchezza.

Mimì pensò che nessuno mai le aveva raccontato la storia di Ippazio che lascia la fabbrica. Aveva saputo di uomini inghiottiti dal cemento, ma nessuno le aveva rivelato che il suo Pati se ne era andato dopo una simile tragedia, non sapeva nulla di Pati da molto tempo, da sempre, da mesi prima che arrivasse Arianna.

Mimì piantò tutti con uno dei suoi sorrisi per tornare a casa a Lucugnano.

Fuori c'era freddo da neve, Tricase era sferzata dalla tramontana, nel cielo si alzavano le colonne bianche della polvere da sparo che evaporava, e, lontano sull'orizzonte del porto, girandole infuocate si riflettevano sulle increspature dell'Adriatico simili agli astri cadenti di San Lorenzo. Mimì era quieta nella bazza di bombe e fumo.

Vedeva sua figlia Arianna due volte l'anno, Natale ed estate, poiché studiava Medicina, ed era sempre più diversa, più incomprensibile.

L'estate dell'anno prima se l'era ritrovata con i capelli cortissimi e colorati di arancio. Rispettava sempre con puntualità gli esami e si pagava l'affitto di una stanza con la porta a soffietto, lavorando in una pizzeria di Monte Mario, un quartiere di case basse a Roma nord.

«Ma Federico che pensa di questo nuovo taglio?»

«Perché non chiedi cosa ne penso io?»

«Immagino cosa ne pensi, visto che te lo sei scelta tu questo taglio moderno.» E su *taglio moderno* la voce di Mimì vacillò.

«Non lo so e non m'importa molto cosa pensa Federico, sai quante volte è venuto a trovarmi negli ultimi tre mesi il tuo caro Federico? Il Federico caro a tutte le suocere del mondo.»

«Due volte?»

«Zero.»

«Zero?»

«Zero.»

«Ma lui lavora al bar del padre. Hai visto il padre?»

«Io studio una cosa che ci vogliono dieci anni per vedere un pezzo di carta che mi fa lavorare, e lavoro anche io come Federico, a volte credo che ti stia più a cuore lui di tua figlia.»

«Mi stai a cuore tu e poi mi state a cuore voi insieme. Sono ormai dieci anni.»

«Otto.»

«Be', stiamo là.»

«No. Mamma, vivi la proiezione di una vita che non c'è più.»

«Io conosco Arianna Orlando e lei è mia figlia, anche se ha dei capelli orribili.»

«Ma ti ricordi di chi sei sorella?»

«Ti ricordo che è tuo zio.»

«La sua cresta celeste mi ha fatto più danni...» e qui Arianna si era interrotta con l'espressione smarrita.

«... più danni di chi, di cosa? perché ti sei fermata? Hai ventiquattro anni, forse puoi essere responsabile, per una volta, delle cose che dici.»

«Hai capito. Buonanotte.»

Mimì vide sua figlia sparire nella stanza nera, ebbe una voglia irresistibile, e altrettanto inconfessabile, di picchiarla. Ma subito se ne vergognò.

La storia di Mimì era fatta di accostamenti incongrui, di similitudini arbitrarie. Era una donna che scompaginava le convenzioni, le sicurezze dei suoi più intimi conoscenti. Di persone simili l'umanità è piena, ma ben pochi hanno la coscienza per vivere a fondo questa elezione.

Mimì era cresciuta nella terra scoscesa verso il Canale d'Otranto; sale, madrepore, ciuffi di posidonie e l'ombra dei fichi sulla provinciale tortuosa. Poi era stata trasferita in un cubo trasparente a migliaia di chilometri in mezzo ai dialetti forestieri e ai maschi che odorano di crocidolite a Zurigo. Aveva visto dozzine di uomini attorno a lei prendere in faccia poco alla volta il cemento con cui erano costretti a lavorare. E in certi momenti sentiva quelle figure piegate dal tempo assumere una voce sempre più stridula, simili ai merli che cantano sui pali elettrici, adottarne lo spessore, intorcinarsi su se stesse, sino a diventare minute e nere.

Nei corsi serali della scuola aveva ascoltato un aneddoto durante la lezione di storia. Se lo ricordava spesso, era avvolto da una cornice opaca, la stessa dei sogni, si trattava del racconto della controrivoluzione di Parigi.

Quando le vittime della reazione salivano sul patibolo si ritrovavano a pochi passi dalla folla e nella calca mugghiante, come una mandria, c'era sempre una donna con la grazia e la pietà di un cherubino. Erano donne incoscienti o coraggiose, o entrambe le cose, e non avevano timore di offrirsi al condannato a morte per un bacio sulla bocca. Non temevano conseguenze. Se le avessero accusate, scoperte e colte in flagrante, sarebbero state trascinate al cospetto di un boia. Era solo un bacio profondo in cui scambiarsi il nettare della fine e del principio, come se da lì passassero tutti i sentimenti del mondo e dell'aldilà.

Per Mimì quel bacio patibolare che occupava una piccola parentesi in una lezione di storia, era la chiave profonda della relazione tra due amanti.

Il bacio, l'incastro di sapori, le lingue asciutte per l'emozione che si cercavano tra le fessure dei denti, sul palato, e poi fino alla gola, quasi a soffocarsi, erano lei.

L'uomo condannato a morte e l'armoniosa ragazza sull'onda della folla erano lei.

La donna e l'uomo erano il sapore immenso del primo bacio notturno con Pati. Un gesto che in tutta la sua vita era incastonato in una teca di cristallo, un luogo personalissimo e riservato della memoria.

Ippazio seppe della malattia del Vope.

Aveva smesso molto prima di lui con il ternitti. Sotto sotto sentiva di averla scampata, una labile sensazione soltanto, ma ne era certo. Aveva accolto le notizie dei suoi compagni di lavoro con ineluttabilità.

Herr Thaur era vivo, ma non se la passava bene. Dopo i primi dolori al petto, aveva iniziato a perdere la voce. L'urlo rabbioso di un uomo che scimmiottava il tedesco elementare degli italiani era diventato un acuto lamento, le parole venivano snocciolate lente e incomprensibili, ogni frase era preceduta dal gorgoglio d'un sonaglio, le corde vocali erano lise. Herr Thaur balbettava come un bambino che impara a parlare. Ippazio lo incontrò in un bar sulla Limmat, uno di quelli che in passato assomigliavano a balere e che ora erano mutati in wine bar con i tavolini in ferro battuto sulle pensiline in legno che coprivano il lungofiume. Si incontrarono lì dove si erano visti l'ultima volta dieci anni prima. Herr Thaur era uguale ad allora, ma era anche tremendamente diverso. Il colorito, la grana della pelle e lo sguardo assomigliavano al selciato, "raso al suolo" pensò Ippazio. Il pensiero che ne seguì fu istantaneo e deciso. Non avrebbe sopportato la vista di un Vope spento, prosciugato, raso al suolo.

Ma forse lontano ronzava un altro pensiero.

Mimì Orlando con tutte le sue memorie era al capezzale del suo amico, questo lo sapeva perché conosceva bene l'animo della sua antica ragazza, conosceva bene la grazia e la pietà dei suoi conterranei quando accompagnano i moribondi.

Era una di quelle cose che avrebbe voluto insegnare ai suoi figli.

Ippazio aveva avuto due maschi da Franca. Ma appena maggiorenni erano spariti, uno si era arruolato nell'esercito e l'altro era andato ad alzare case nei cantoni francesi. Non si era mai sentito padre fino in fondo e prima di avere figli non aveva mai pensato che questi potessero essere dei neonati e dei bambini, li aveva immaginati sempre dei ragazzi. Se li era goduti ben poco perché a diciotto anni si erano dileguati. Era scaduto troppo presto il tempo per raccontargli ciò che avrebbe voluto.

Erano passati pochi anni da quando la vita di Mimì era cambiata. Si era messa in casa un fratello con la testa altrove, l'anagrafe da uomo e l'animo di bambino; aveva visto sua figlia Arianna andare via per studiare e tornare sempre più diversa, nei tratti del viso, nel modo di guardare e anche nelle parole, nella cadenza. A volte le sembrava addirittura un'altra persona.

Biagino non veniva più recuperato la notte, ubriaco, dal vecchio Anchise-Antonio Orlando. Se perdeva i sensi e si addormentava su una panchina di piazza Pisanelli attendeva con rassegnazione che uomini in tuta verde e bande argentate, i dipendenti della raccolta rifiuti, lo raccattassero come un sacco di spazzatura.

Antonio Orlando era morto in un'estate, era forse un anno che covava dentro di sé il mesotelioma, ma avendo visto attorno le agonie dei suoi compagni di reparto, aveva preso una decisione, la stessa di un capodoglio marino, i mammiferi bianchi che quando sono sul punto di morire non lottano più contro i marosi e si lasciano portare dalle correnti verso la riva, spiaggiandosi come gusci vuoti. Da marzo ad agosto Antonio Orlando perse la voce, tossì sangue, acquisì un colore giallastro e, con scientifico valore dell'ineluttabile, attese la grande riva.

Rosanna rimase sola e tutte le donne del paese chiedevano perché non fosse andata a vivere con Mimì. Rosanna cambiava discorso, incrociava gli occhi dei suoi interlocutori e poi li alzava verso su, con l'espressione di chi segue un destino calato dall'alto.

A Mimì pesavano dentro i giardini che non aveva attraversato e che erano sempre troppo lontani per essere rivisitati.

Percorreva adesso giardini sconosciuti con la pienezza di chi li attraversa una prima e ultima volta.

"Una donna della tua età non bacia un ragazzo così giovane" le avrebbe detto mamma Rosanna se avesse visto il suo ultimo fidanzato, un operaio che aveva pochi anni più di Arianna.

Il giovane operaio si occupava di risolvere i guai nella fabbrica delle cravatte. Ogni giorno saliva sul ternitti arrampicandosi lungo un camino o per le impalcature che da sempre mascheravano la facciata dell'edificio. Lei non lo avrebbe mai ammesso, ma il giovane operaio che si issava con movenze feline nella pietra le riportava in vita un'immagine sepolta nei cavi più bui della memoria. Ippazio le raccontava, davanti a un fiammifero acceso per pochi attimi, la sua giornata. Nel buio disegnato dai ghirigori della polvere di zolfo c'erano le parole mangiate dalla stanchezza: «Ho visto una fiamma altissima e ci assomigliavano certi miei sogni...». A Mimì mancava la fantasia di Ippazio, quella che portava il suo primo amore a vedere spettri, immagini nelle polveri d'asbesto o sulle colate di amianto bleu su cui disegnava tracce intellegibili soltanto da lui.

Il giovane operaio non aveva il talento visionario di Pati, ma un giorno, tornato dal ternitti, aveva dichiarato che le nuvole viste lassù assomigliavano alla schiuma del vino fermentato. E con l'odore del mosto che muta in vino e la schiuma color ruggine che abbaglia gli occhi, Mimì si invaghì.

Le labbra di Mimì non erano un monogramma misterioso, non erano un'eclissi di luna, i suoi seni non erano camelie tra le mani della notte e le gambe non erano scontro di due folgori, esplosioni al magnesio. Anche se qualche volta, quando si dipingeva con il rossetto e tirava baci allo specchio, lasciava sul riflesso l'alone di un sigillo reale, una delle onorificenze scarlatte di fronte alle quali viene voglia di levarsi il cappello. Mimì non era donna da essere amata dai poeti. Era troppo umana e troppo reale per essere trasfigurata da qualche scribacchino. Non era donna che poteva consegnarsi a qualche verso. A volte nulla per una donna è più offensivo di una poesia.

Questa era Mimì.

Avrebbe aiutato un bambino di masseria a disegnare su un cartoncino colorato le rose centifoglie e le viole. Ma lo avrebbe fatto con dedizione, non per allegria e leggerezza, non poteva trasmettere neanche una particella di accondiscendenza al resto del mondo. Mimì era così come la si vedeva, durante i tardi pomeriggi, col cielo brunito e le nuvole attraversate dalle venature del platino, al ritorno dalle cravatte, rigonfia di misteri, e ognuno di quei misteri era a portata di mano. Ogni notte più lontana dall'adolescenza, Mimì sentiva salire in bocca, sin sulla punta della lingua, il sapore dell'amianto e poteva vedere benissimo le bianche fibre d'asbesto che si erano mangiate tutti i maschi che aveva avuto attorno. Vedere le candide antenne di lumaca, arroventate dal fuoco, scortare verso l'oscurità del riposo eterno i ragazzi italiani di Zurigo.

Nei mesi della sua relazione con il giovane operaio, Mimì prese sempre più coraggio, sempre più determinazione a non opporre resistenza alle voci degli antenati, se nell'aria sentiva l'odore dei camini che bruciavano i ramacci d'ulivo, si fermava e chiudeva gli occhi e ascoltava le loro voci.

Mimì non aveva paura, quando raggiungeva il presepe vivente di Tricase e faceva la fila da sola con Arianna in mezzo alle famiglie intere e i bambini. Dicembre dopo dicembre, Natale dopo Natale, non perdeva mai un'edizione del presepe tricasino. Migliaia di metri quadri d'una intera montagna tra querce e macchia, erano disseminati delle casupole dove si riproducono i mestieri d'un tempo. In mezzo agli uomini e alle donne vestiti con abiti d'epoca, riscaldati dal fuoco dei camini e illuminati dalle fiaccole a olio c'erano soltanto famiglie numerose, madri e padri. Fu lì che una volta Arianna, da bambina, chiese a sua madre perché loro due erano sempre sole, e fu lì che Mimì comprese d'essersi abituata alle sue affollate solitudini.

Un giorno il giovane operaio arrivò con un po' di anticipo a casa Orlando.

Mimì lo fece entrare, aveva indosso un grembiule e una gonna nera con alcune macchie da cucina, pantofole e gambe nude. Gli propose un caffè e lo fece accomodare davanti al fornello su cui stava bollendo una pentola piena di stracci che esalava un fumo bianco. Mimì aveva i capelli raccolti con due matite, con una mano girava il mestolo di legno, con l'altra accese il fuoco sotto la caffettiera, un gatto soriano a pancia in aria voleva giocare sullo zerbino di paglietta sotto la cucina.

La preparazione della caffettiera era stata solo apparentemente pigra e laboriosa. «Il caffè va fatto con tanta lentezza, e poi va bevuto con calma» aveva detto. Era un'ovvietà, eppure la grazia con cui era stata pronunciata la frase, il tono della voce, la musica delle parole scandite in italiano risuonavano nell'aria. Da quando Mimì aveva iniziato la relazione con il giovane operaio aveva smesso di parlare in dialetto. Lui non lo capiva, ma per Mimì era una forma d'amore e rispetto.

Poi aveva costruito la caffettiera pezzo per pezzo, una macchinetta scura che non era mai stata lavata con il detersivo, ma soltanto con l'acqua fredda. Riempì la pancia con pochissima acqua, inserì il filtro e lo colmò con un cucchiaino.

«Perché non usi il dosatore?»

«Perché il caffè macinato assomiglia a polvere di gesso e ad argilla, va modellato con le mani. Senza intermediari.» E mentre diceva questo il filtro era saturo, una montagnetta di granelli marroncini sormontava la caffettiera.

«Ma l'acqua non passerà mai con tutto quel caffè.»

«Basta non schiacciare con il cucchiaino, anzi dimenticati il cucchiaino finché non esce dal becchetto.» Montò l'ultimo pezzo della caffettiera e accese il fuoco al minimo, «perché l'ebollizione deve essere gentile», una bolla di vapore per volta e il caffè diventa più saporito.

Mimì aveva le mani occupate, si tolse una pantofola e con la pianta del piede iniziò a massaggiare il gatto che con gli occhi socchiusi prese a mugolare.

L'aria si riempì del borbottare della caffettiera e del suo profumo, il giovane uomo era ammirato, ma anche intimidito da quei minuscoli dettagli quotidiani, che uno sull'altro costruivano l'immagine di Mimì.

Mimì non raccontava molte cose al giovane operaio. Lui cercava sempre di conoscere qualche notizia lontana, un segreto sepolto, un fidanzato del passato, o tutta la verità su Pati e la nascita di Arianna. Ma lei depistava, rivoltava gli argomenti, lo conduceva su un cammino più facile dove poterlo dominare.

La notte di Pasqua Biagino Orlando, in arte Celestino, era stato adibito al delicatissimo compito di far suonare a festa le campane nel corso della cerimonia. Il segnale convenuto era un colpo di tosse finto di don Oronzo durante la consacrazione. L'altro momento fondamentale per lo scampanare era all'"*Ite missa est*". Celestino era stato sorteggiato nel gruppo di sbandati che si ubriacavano sulle scale della chiesa e che frequentavano, bighellonando, la parrocchia.

Nella sacrestia si erano trasferiti, in assenza di don Oronzo, i tornei più sfrenati di Padrone e sotto. Quando il parroco, poliomielitico, con una gamba in disordine, era costretto a frizioni nella sala superiore, la chiesa era in mano a personaggi come Pippo 'a bestia, Cosimino il fungo, Lillino il villano. Si giocava sino a notte fonda, chi si ubriacava spesso era ridotto così male che rotolava per le scale sparendo nell'oscurità.

Biagino era pietrificato innanzi a quei pulsanti colorati di cui aveva memorizzato l'esatta sequenza per far scattare le campane. Tasto blu, tasto rosso, poi di nuovo blu. Lo scampanare non deve durare meno di tre minuti, mai più di cinque. Era una notte santa, la gente doveva saperlo, non sopportarlo.

Biagino non aveva contezza della ridda alle sue spalle. C'era un gran trambusto e spesso qualcuno gli tirava dietro uno scappellotto. Dentro di sé resisteva, sentiva forze remote che venivano a soccorrerlo, e più il colpo era violento, più lui, dentro di sé, avvertiva crescere questa energia misteriosa. I colpi diventarono più frequenti, adesso non erano solo schiaffi e pugni, ma si accanivano con una bottiglia di Biancosarti. Il liquore giallastro era stato trangugiato dai vari Celestini della situazione, l'aria era malsana, i volti arrugginiti dall'ubriachezza; giunse nella platea miserabile che lo stava umiliando Vito bruschetta, un ragazzone tarchiato, rubizzo in faccia in maniera innaturale, dieci anni di Centro d'igiene mentale in Svizzera, ma uomo libero in terra d'Otranto.

Biagino non batteva ciglio, sentiva esplodere dentro la rabbia, ma anche un sentimento di umiliazione profonda.

Vito bruschetta aveva assorbito lo stesso humus di Biagino, masticato l'aria e parlato a vuoto nella sua infanzia svizzera. Era uno dei figli soli ed esclusi in qualche grande e fredda città del centro Europa. Era cresciuto a Berna, si era immerso mille volte nel fiume che attraversa la città, lasciandosi trascinare per chilometri. In estate migliaia di bernesi si bagnavano nell'Aar per poi farsi trascinare fino a valle. Seguire la corrente lo aveva reso pazzo, o forse un ragazzo ossesso. Vito bruschetta, chiamato così per il colore di pomodoro delle sue guance, tentò di difendere il temerario Biagino, esposto al ludibrio dei Celestini ubriachi.

«È il fratello della Mimì, lasciatelo stare.» La parola Mimì era da usare in casi di stretta e comprovata necessità. Mimì nutriva nel suo nome un segno ambivalente, per alcuni un'eccentrica che non era riuscita a dare un ordine sereno alla propria vita e adesso ne raccoglieva i meritati frutti di tempesta; per altri Mimì era il sinonimo della libertà, era la parola magica che in ogni paese di provincia di questo mondo rende l'idea di una possibilità: vivere nei propri luoghi, vivere dove si è nati, vivere intensamente con la certezza di rimanere sempre se stessi. Perché di Mimì ne sono pieni i cuori e le teste in mille periferie, ma sono in pochi ad andarne fieri, con il mento alto e gli occhi piantati sull'orizzonte.

Vito bruschetta investito con la bolla di pazzo, come tanti in quei frangenti, credeva in cuor suo che Mimì fosse l'apriti sesamo alla gentilezza, ma era anche un balsamo alla follia feroce che si accaniva su Biagio. Vito bruschetta, che in anni passati sugli strapunti di Tricase Porto s'era visto tirar su dal mare da Mimì così come dall'Aar lo tiravano fuori gli acrobati del lungo fiume, si commosse innanzi all'impassibilità del fratello.

«Mimì, la sora di Celestino, è stata con nu vagnune grande quanto a figghia sua.»

«Bruschetta, si troppo grande per la Mimma Orlando, chidda va cercannu carne fresca...»

Nella sacrestia iniziarono a rimbombare sgradevoli accuse di voci indistinte.

Celestino avvertì un tonfo potente, ma con sollievo e incredulità assoluta si accorse che non riguardava lui. Bruschetta non parlava, allora, anche se la voce di don Oronzo era impegnata da un salmo responsoriale, fece suonare le campane, tasto rosso senza tasto blu. Quando in sacrestia giunsero alcuni fedeli, richiamati da quello scampanio senza ragione, si ritrovarono Vito bruschetta per terra in mezzo ai vetri, senza sensi, con il sangue sulla testa che sgorgava simile alla crepa sulla vena d'un pozzo.

La testa spaccata, ma l'onore di Mimì era preservato.

C'è un episodio che nella vita di Arianna andrebbe cerchiato con l'inchiostro rosso. Accadde a Gagliano, un piccolo paese che divide Lucugnano e Tricase dalla punta di Santa Maria di Leuca e dalle sue ville signorili. Un paese non dissimile dagli altri, con le sue case basse, il borgo minuscolo, le pietre color ocra, i sampietrini e le strettoie nei vicoli, la commistione delle nuove residenze e le case che gli emigrati di ritorno si erano costruiti da soli.

Era la fine di un pomeriggio di piena estate. Al crocicchio del corso erano accese le prime lampare di cartone che riproducevano le stesse luci dei pescatori, i bagliori che trapuntano di fuochi il mare notturno.

La festa dell'Emigrante era un pasticcio di tradizioni, evocazioni, messinscene a favore del turismo. C'era un palco su cui avevano disposto un carro di fieno, un mulino di cartone e una grande valigia di stoffa. Lassù sarebbero saliti per tutta la sera cantanti che avrebbero intonato melodie popolari e qualche successo pop. Il più atteso era *Che sarà* dei Ricchi e Poveri, motivo che ogni emigrante conosceva a memoria. Alla strofa culmine che faceva: "Che sarà della mia vita chi lo sa. Con me porto la chitarra e se la notte piangerò, una nenia di paese suonerò", il pubblico si sarebbe alzato dalle sedie per cantare frastornandosi con un applauso ritmico e la gola infiammata.

Il programma aveva anche i suoi lati deboli: «Temo la fuga quando leggeranno le poesie degli emigrati». Con un tono sarcastico uno dei ragazzi di Terra Madre, la piccola associazione di paese che organizzava per tutta l'estate sagre, palii, presentazioni, concerti e ovviamente questa immancabile festa dell'Emigrante. Erano tutti giovanissimi, non c'era nessuno che non venisse da una delle famiglie emigrate.

Arianna frequentava l'associazione con piacere: era un gruppo di coetanei pieni di iniziativa e nei periodi lontani dall'università romana, una delle cose più vitali che c'era.

Ci andava spesso con Federico, ma quella sera lui era al bar a lavorare. Si erano baciati con la foga di due fidanzati giovanissimi e incuranti, avevano litigato per giorni, sino al punto che lei gli aveva urlato: «Sparisci dalla mia vita».

Le tensioni si erano appianate con lunghe sessioni di chiarimento verso sud, alle marine ioniche con dietro il tramonto, e sembrava che avessero rifatto pace. Quella sera lui era in nero con un grembiule, lei in un tailleur pantalone grigio e camicia bianca, somigliava a una hostess, avvolta in un rigore seducente, dovuto alla coda di cavallo dei suoi capelli che in quell'agosto erano color zucca e al trucco leggero e preciso.

Non era ancora laureata, ma già qualcuno la chiamava dottoressa. Forse per questo era stata scelta nell'associazione per parlare con le autorità. Se c'era da chiedere un permesso ai vigili urbani o a qualche assessore, la grana finiva nelle mani di Arianna che con i suoi modi da studiosa e futuro medico, avrebbe dovuto dipanare la matassa utilizzando le armi della diplomazia e della buona educazione.

La grana di Gagliano si chiamava "Albero dell'Emigrante", un castagno che sorgeva all'interno di uno dei tanti cortili nascosti dietro ai muri bianchi. Sotto l'albero un uomo partito molti anni prima aveva lasciato un baule con dentro tutti i suoi averi che in caso di necessità sarebbero dovuti servire alla famiglia. Nessun familiare seppe del baule poiché l'emigrante non arrivò mai a destinazione. Era il 2 agosto 1980 e il treno si trovò nel punto più sbagliato che la storia potesse prevedere: la stazione di Bologna, il centro di una tragica esplosione terroristica. Il baule fu ritrovato dieci anni dopo. La storia fece il giro del paese e diventò un simbolo di ciò che era l'emigrazione di ultima generazione, quella dei padri che lasciano le famiglie a Sud e partono con tanta rassegnazione e poesia.

Da due anni Terra Madre tramutava il castagno in un'installazione di luci e fotografie di vecchi emigranti salentini. Un'idea a cui aveva collaborato Arianna e di cui andava molto fiera.

Il cortile incriminato aveva la forma di un ovale e si apriva all'inizio del corso principale. Lì ogni anno il proprietario permetteva l'ingresso ai ragazzi di Terra Madre per far addobbare il castagno con le luminarie e le fotografie.

Ma quell'anno aveva dato in affitto l'abitazione a un uomo che si era opposto al rituale.

«Niente albero dottoressa, c'è un signore che non vuole.»

Fu il vigile urbano a parlare, un omiciattolo con la divisa almeno due taglie più grandi.

«Ma noi abbiamo un corteo con cinquanta figuranti che arrivano in piazza.»

«Possiamo far accendere uno degli alberi del corso.»

«Non sono castagni.»

«Dottoressa, quello non sente ragioni.» E mentre lo diceva, l'omiciattolo indicava la casa, un fabbricato con il porticato di intonaco su cui svettava un uomo dalle braccia conserte.

«Chi è?»

«Non lo conosciamo. Uno di qui, ma non di Gagliano, qualche paese vicino. Resta qualche settimana poi torna in Germania. Viene da lì, Germania, Olanda, Belgio, comunque uno dei nostri che viene da Nord.»

«Vado a parlarci.»

«È inutile, ha parlato anche l'assessore. Non sente nessuno.» L'omiciattolo scuoteva la testa con l'aria rassegnata di chi ha provato tutto.

«Ma è il nostro albero...» esalò malinconica a mezza voce Arianna.

In fondo l'uomo, con un gesto scortese della mano, stava gridando: «Sciò sciò sciò», Arianna non credeva ai suoi occhi, a quale insolenza si era permesso di arrivare. Non ci vide più, partì con il cuore in tumulto. Questi emigrati che tornavano per stare qualche giorno come turisti. La loro insopportabile superiorità su chi era rimasto. Il loro masticare quattro parole di tedesco per aprire discussioni elementari con i germanici che villeggiavano e far vedere a tutti gli altri che erano uomini di mondo. Ne aveva osservati a dozzine di tipi così, gli uomini che hanno visto, imparato e sofferto e mandato i soldi a casa, soltanto loro. E adesso uno di questi stava per rovinare la grande cerimonia che per tutta l'estate Arianna e i suoi amici avevano pianificato.

C'è una bellezza, nella vita, che dura un lampo. Giunge per una sola volta, è un momento inatteso. È un'armonia che si deposita sugli occhi, nelle increspature del viso, o in un modo di muoversi. Ad alcuni succede nell'adolescenza, ad altri quando si invecchia e i capelli sono diventati grigi.

Arianna era sempre stata considerata una bedda vagnuna, meritevole della fama di Mimì Orlando. Flessuosa, con le gambe lunghe, la pelle che in estate diventava di miele e occhi sconfinati. Adesso stava attraversando il marciapiede per andare incontro all'uomo, con il viso contratto da una smorfia. Arianna appariva non soltanto la bedda vagnuna del Capu, ma l'incarnazione della bellezza: cruccio, presentimento di una prepotenza, e movimento guerresco verso l'uomo. La bellezza è nel movimento, è nello spazio che si occupa e nel modo in cui lo si occupa. Arianna avanzava con la marzialità di una soldatessa in marcia e l'immacolata espressione di una sposa sul tappeto rosso.

L'uomo aveva la pelle olivastra, pareva abbronzato, portava una camicia bianca e un fazzoletto. Evocava una celebre foto di Marcello Mastroianni che Arianna aveva visto alcuni anni prima durante una mostra: l'attore era in ginocchio su un arenile bianco, sullo sfondo solo figurette indistinguibili, l'espressione corrucciata, i capelli sale e pepe arricciati dalla brezza marina, un fazzoletto nero che costringeva il collo in una posa innaturale, infine lo sguardo, un'ombra su altre ombre che erano le pieghe del viso. E poi le mani, discordanti, non erano di un divo, ma di un contadino. Tozze, sformate, con le unghie quadrate, le dita corte. Le si incrociarono i dettagli. Del misterioso contestatore faceva impressione la mano grande e callosa che si era aperta davanti al gruppo. Mentre le ombre di quel viso, le pieghe, i capelli arricciati simili a un gioco di acconciature per una foto d'artista, erano naturali.

«Scusi...»

«Non avvicinatevi, questa è proprietà privata.»

«Vengo in pace» disse Arianna con tono ironico, pensando che con una simile impostazione avrebbe avuto buon gioco. Ironia e gentilezza sono due carte vincenti.

«Nessuna pace, sono tre giorni che fate casino.» E poi: «Neanche al paese mio sono in pace».

"Eccolo, il vittimismo dell'emigrato" pensò Arianna. Il loro insopportabile vittimismo, che prelude a una pillola di saggezza, un aneddoto avvincente sulla prima notte trascorsa in qualche buio paese del Nord all'addiaccio. O il viaggio dentro una carrozza puzzolente di kerosene. C'erano tutte le condizioni per un patetico racconto d'emigrazione.

Il dialogo tra il calco di Mastroianni sulla spiaggia e l'incarnazione della bellezza fu confuso, i toni si travisarono. L'ironia di Arianna mutò in sarcasmo, l'intransigenza dell'oppositore in maleducazione.

Poi due parole, un nome e un cognome, una formula magica.

«Arianna Orlando.»

E ribadì, in caso non avesse sentito:

«Comunque mi chiamo Arianna Orlando. Anche se non è stato un piacere conoscerla, almeno ho la buona educazione di presentarmi.»

L'uomo era irrigidito; a chi guardava la scena da lontano poteva sembrare che gli fosse stata puntata una pistola alle spalle.

«Arianna Orlando. Lei come si chiama?»

«Che importa?»

«Il suo nome.»

«Senta, attaccatevi dove volete, ma mettete un nastro tra la porta di casa e il cortile. Non voglio rogne. Voglio stare lontano da voi e dai vostri ricordi.»

Arianna si rivolse verso il drappello di colleghi, vigili e maestranze, il suo viso era felice. Aveva vinto lei. Aveva perso lui.

A mezzanotte, quando la festa era ormai finita, le lampare erano rimaste accese, ma il castagno si era spento, il gruppo di Terra Madre decise di recarsi verso Marina Serra, dalla parte dell'Adriatico. La piccola insenatura di notte era suggestiva, il dirupo della scogliera fendeva l'acqua con la possanza del muso d'un mostro marino, accanto c'era un parcheggio dalle luci lattiginose, e i porticati si raccoglievano sulla breve passeggiata che univa la costa a una torre saracena che tanti avevano provato ad abitare, ma troppi fantasmi, troppi spifferi, troppe onde l'avevano insidiata, smussata e anche maledetta.

Federico, con le mani rosse e gonfie per la serata trascorsa, aspettava il gruppo nel Chiosco, un baretto che sfornava pizzelle e focacce sino a tardi. Era una casetta bianca circondata dagli scogli, Annette e Donatello, i due proprietari, avevano già passato lo straccio sui mattoni e spento i videogame. Così i ragazzi restarono sul muretto mentre Annette passava le birre con il monito di non mettere i piedi per terra dove era bagnato. Arianna si era sciolta i capelli e aperta la camicia che aveva tenuto stretta alla gola per tutta la serata.

Al Chiosco aveva vissuto i suoi momenti di più intensa felicità, quando, da bambina, di pomeriggio tardo, con l'aria assopita dalle brezze tremule di umidità che venivano da sud, a monte della Serra c'erano i venditori ambulanti di perline color pastello, fermagli arcobaleno o verde pallido, pettini d'osso, bracciali di plastica variopinta. Mimì guidava la Panda sobbalzando sulle buche della litoranea e frenando sulla salita in cui parcheggiava, prendeva per mano Arianna e la portava al cospetto dell'Assunta, la chiesetta, poi il giro tra i banchi e infine la discesa al Chiosco per trascorrere l'ultimo frammento di sera. Le cose buone di quel tempo tornavano in bocca, circondate dalla pace del mare a fine giornata, premevano addosso con la vividezza del mito. Il Chiosco ricoperto di una luce gialla e pieno di voci, colmo di odori: la farina del grano migliore, i rustici alla mozzarella e prosciutto che scoppiavano nei piatti, lo spaghetto con le cozze e, per una volta soltanto ma con l'intensità che ne aveva propagato quasi la leggenda, un'intera aragosta a un misterioso turista.

Il Chiosco era la felicità di Arianna, le luci si spegnevano, arrivava la notte anche per lei e scese un'aria ricolma di particelle calde, pruriginose, sui capelli, sulla fronte, sugli occhi e poi nel cuore. Arianna distolse lo sguardo dai ragazzi e vide Federico con la birra in mano che beveva per inerzia, ma poi rivide Mimì che le comprava arachidi e nocciole e gliele sbucciava seduta su quello stesso muretto nell'attesa della pizza che arrivava dalle scale sopra i forni che bruciavano il legname degli olivi e delle querce. E ogni focaccia, pizza, rustico che veniva fuori da quei forni aveva il sapore dell'infanzia e della felicità. Mentre Federico le foderava il collo con il braccio lo guardò negli occhi e lo sentì indifeso dai suoi terremoti interiori che erano fatti di inquietudine, ma anche di una prepotente nostalgia. Guardò il suo ragazzo, si sentiva fiera della serata trascorsa, tutto era andato per il verso giusto, senza imbarazzo; inquietudine e nostalgia avanzavano simili alle rotaie dello stesso binario, luccicanti e parallele.

Paolo con le sue scapole alate si posava per poche settimane l'anno in terra d'Otranto. Anche ora aveva mantenuto la sua discrezione e i suoi silenzi che lo caratterizzavano sin da ragazzino.

Parlava a lungo con Mimì.

Con lei nacque una sorta di sodalizio, un'elezione. Avevano imparato a fidarsi l'una dell'altro. La reciprocità è quando a ogni gesto corrisponde un'unità di intenti, a domanda non è conseguente una risposta, ma un modo di guardare, declinare il tono della voce, l'espressione del viso, un minuscolo dettaglio che mette pace a ogni inquietudine. La reciprocità non nasce sempre tra due amanti, può nascere anche tra due sconosciuti che hanno trovato un granello di intesa, misteriosa, lontana, eppure unica.

Paolo trascorreva frammenti di pomeriggi assieme a Mimì, mentre Federico e Arianna tornavano dal mare. Lontano dal Capu aveva smesso di amare la costa, forse si era semplicemente disabituato crescendo, e così attendeva i vecchi amici a casa di Mimì.

«Sono a Lecce, Paolo, non tornano oggi.»

«Ti ricordi le partite a biliardino?» disse Paolo, e Mimì comprese su che sentiero si stavano avviando: ricordare assieme.

«Ne sacciu tante, ma una batte tutte.»
«Quella del Ciolo, il giorno dello sbarco.»
«Eravate dei vagnuneddi.»
«Ti va di tornarci, Mimì?»
«Non ci torno forse da allora.»
«Ci andiamo?»
«Non lo so.»
«Dài, è domenica, se andiamo adesso non troviamo nessuno.»

Paolo e Mimì si ritrovarono sul viadotto del Ciolo. Nessuno dei due credeva che sarebbe potuto accadere.

Passeggiavano sul sottile marciapiede, lui in jeans e una camicia troppo grande, con le maniche arrotolate, sembrava rimpicciolito. Lei, con una fascia che le alzava i capelli, gli occhiali da sole grandi, il rossetto acceso, sembrava un'attrice degli anni Cinquanta. Era una domenica di fine estate, qualche impavido bagnante si era inoltrato nel mare smeraldo ed emetteva grida di consenso. Non era cambiato molto rispetto a sette anni prima, c'erano delle scritte lungo i pilastri, addirittura un ideogramma cinese, il cielo era terso e dall'orizzonte non si attendevano sorprese.

Visti da lontano, a causa dell'aria compunta, sembravano una coppia in cerca di un luogo per appartarsi, in realtà, puntavano un bar con il biliardino. Non c'era più lo stesso di qualche anno prima in mezzo ai fichi d'India e le chianche. C'era solo un ristorante.

Mimì domandò al proprietario, un corpulento bestione di un metro e novanta e una maglietta con la scritta STAFF, se potevano giocare.

«Ci sono cinque palline» rispose, ed estrasse un taccuino dalla tasca come se avesse dovuto raccogliere una comanda al tavolo.

Mimì si voltò verso Paolo, aveva l'aria di essere alienato dal resto del mondo.

«Ce li hai cinque segreti da raccontarmi?»

«Cosa ti sta venendo in mente?»
«Ce li hai, sì o no?»
«Sì, posso trovarli e tu?»
«Giochiamo e vediamo, per ogni gol che faccio tu mi racconti un segreto, per ogni gol che fai, io te ne racconterò uno mio.»
«Il gioco della verità.»
«Sì, ma in una versione che piace a noi.»

Le aste erano arrugginite e i calciatori erano limati dal tempo, i piedi non erano più quadrati, ma tondi e smussati, il terreno di formica era scompaginato, le palline faticavano a uscire dal canale di legno.

«Queste non sono cinque, sono quattro» notò Paolo che intanto provava a scuotere il calciobalilla nel tentativo di farne scendere un'altra.

«Meglio, forse cinque segreti avrei fatto fatica a trovarli» si lasciò scappare lei. Paolo fu colpito dalla sua arrendevolezza. Tirò fuori la pallina e la lanciò.

Le aste non giravano, Mimì aveva più difficoltà, dalla sua parte il tempo era stato più spietato, il centrocampo non riusciva quasi a scorrere, mentre per Paolo era tutto più semplice.

La prima palla finì subito sui centrocampisti di Paolo che non trovarono ostacolo, gol.

«Mi devi il primo segreto.»
«Non so, non ho avuto il tempo di pensarci.»
«L'idea è stata tua.»
«Che segreto vuoi conoscere?»
«Un fidanzato di cui ti vergogni.»

Mimì ne rimase stupita, si tenne dritta con le braccia conserte, si aggiustò gli occhiali sull'onda dei capelli.

«Che domanda è?»
«No, sono curioso, è un gioco.»
«È una violenza, se c'è qualcosa che non voglio ricordare tu me la rimesti.»
«Sono le regole del gioco.»

«Ci sono anche le eccezioni.»
«Non le abbiamo concordate.»
«Possiamo concordarle?»
«No.» Gli occhi di Paolo si fecero improvvisamente inquisitori. Non c'era affetto, ma uno sguardo che aveva la luce di un diamante nero, mostrava luoghi oscuri di un ragazzo che era sempre apparso mite, riservato, quasi spaventato dalla vita. Nell'espressione Mimì avvertì da che parte veniva quella curiosità e soprattutto a chi si riferiva Paolo lo svizzero. Ma poteva cedere il suo segreto su Ippazio al primo alito di vento?
«Sei sicuro che lo vuoi sapere?»
«Sì.» E mentre rispondeva Paolo si era attorcigliato ancora di più, gli erano quasi venute fuori le pupille, le labbra si erano piegate, scosse da un fremito.
«Per me non lo reggi.»
«Lo reggo.»
«Te lo racconto, allora?»
«Ti prego.»
«Avevo quattordici anni e stavo con un fidanzatino di tredici. Un anno meno di me. Una vergogna che devo ancora superare. Quando lo vedo oggi, in cravatta, cresta brizzolata e due bambini che gli scappano tra le gambe, ripenso a lui piccolo, poco aitante, all'apparenza malnutrito, un adolescente che nessuna ragazza poteva vedere se non io.»
«E questo che vuol dire.»
«Abbiamo detto un segreto.»
«Ma non hai risposto alla domanda. Non valgono i segreti di quando eravamo piccoli.»
«Questo non è il gioco delle domande, ma il gioco della verità.»
«Stai barando, Mimì.»
«Mi hai chiesto il fidanzato di cui mi vergognavo di più.»
«Ma a quattordici anni non ci si fidanza!»
Mimì iniziava a divertirsi con le indecisioni di Paolo,

non proseguì, e avvertì un'ondata di calore nel ripercorrere per un attimo l'esperienza antica, vissuta mille estati prima. Lei ragazzina, avvinta alle sue stranezze, e il malnutrito sempre su una bicicletta coi riccioli neri al vento.

La seconda palla fu un facile gol di Mimì.

«Tocca a te, signor cuore infranto.»

«Mimì, devo ripescare dalla mia infanzia per essere all'altezza del tuo segreto.»

«Non mi ricordo una tua adolescenza da rubacuori.» A quella frase Paolo scoppiò in una risata e Mimì, che per un attimo aveva creduto di essere stata troppo irruente, lo seguì a ruota.

«Chi è stata, allora, la tua prima fidanzatina. Che mica lo abbiamo mai saputo qui al Capu. Il Paolo ha la fidanzata? Se lo chiedono... ancora.»

«Giulia, la figlia della commare Antonella.»

«La commare Antonella tiene una bambina?»

«Giulia ha la mia età, soltanto che è rimasta con il padre in Svizzera, non lo sapevi? A Zurigo la commare aveva una storia con un tedesco, Giulia è una salentina con i polpacci di una crucca, e infatti fa la calciatrice. Ci siamo fidanzati a diciotto anni, è finita due estati fa.»

Mimì era turbata, colma di una strana eccitazione, una scossa che arrivava da uno spiraglio che riteneva chiuso. Non volle sentire altro, di Svizzera, di padri e madri divisi dai figli.

«Lancia la palla, vagnune.»

Il pallino scheggiò il tavolo e terminò tra i difensori di Mimì, il suo colpo e il cardine smussato resero la palla ancora più effettata, un bellissimo gol.

«Vagnune adesso mi dici il tuo segreto.»

«Che mi piaceva Arianna.»

«Volevo sapermi tuffare come Federico, non avevo il coraggio...» per Paolo era un rammarico: sbocciava in petto e nella memoria il fiore del rimpianto. A Mimì salì in faccia un'ombra nera, la fronte fu attraversata da un lampo. L'importante era non fermarsi.

«Continuiamo a giocare.»

Paolo tirò il pallino, due mosse con l'asta, se lo ritrovò al centro dall'attacco. Un tiro, Mimì aveva parato. Se fosse stato gol sarebbe stato il turno dell'ultima verità: Arianna Orlando e l'operaio specializzato in crocidolite nella vecchia Zurigo industriale, Ippazio detto Pati. Lo pensarono sia Mimì che Paolo. Lo pensarono talmente a fondo che forse non c'era neanche più bisogno di continuare l'assurdo gioco, mascherare per raccontarsi un segreto. La palla intanto roteava da una parte all'altra del campo.

Gol.

Il pallino era schizzato verso il portiere di Mimì, che aveva tentato una manovra per portarselo verso il lato e poi giocare di sponda, ma il pallino era incastrato tra il terreno e il piede del giocatore. La manovra per liberarlo fu così forte da piegare il campo di gioco già sconnesso dal tempo e l'umido, la palla schizza. Una traiettoria netta, implacabile, senza possibilità di argini. Da porta a porta. Gol. L'aveva segnato Mimì con il portiere.

Il suo segreto s'era salvato.

Un giorno il giovane operaio regalò dei dischi a Mimì.

Erano vecchi LP che l'uomo aveva pagato parecchio e faticato altrettanto per trovarli. Era andato a Lecce solo per questo. Lei credeva che fosse salito su un cantiere di piazza della Prefettura. Invece, lì, c'era un negozio di dischi usati. Provò tenerezza perché sentiva che lui aveva fatto una cosa lontanissima da ciò che era. Tenerezza, e niente altro. Ma lo avrebbe messo a fuoco solo poco tempo più tardi.

Ripescò nella memoria le ragioni del dono: era stata lei a raccontare le sue domeniche pomeriggio sulla Limmat, l'orchestrina, il juke-box con i successi pop della musica italiana.

Si intrecciarono come adolescenti sul divano, Mimì si rintanò nelle braccia lunghe e nodose del giovane, guardarono i vinili sparsi sul tavolo, oggetti estranei e intriganti, che venivano da un tempo distante e da una minuscola superficie recondita del passato. Hai mai messo un LP sul piatto di un giradischi? Hai mai sentito il rumore della puntina nei solchi di un 45 giri, hai mai avvertito lo sfrigolare che arriva simile a una perturbazione prima delle note?

Trascorse almeno un'ora con loro fissi davanti al regalo. Le mani si stringevano, le ginocchia si incrociavano, le braccia si distendevano sulla schiena, le mani si aprivano sulla nuca, si accarezzavano la pelle... pian piano si trovarono su punti del corpo dove si sentiva il pulsare del sangue, la regione paradisiaca dei dettagli decifrabili e clandestini, il groviglio della verità che Domenica Orlando avrebbe districato poco a poco, ma con la parsimonia di un veleno più che con il piacere irruente.

Guardavano i vinili e non sapevano che farne, il giovane operaio non ne aveva mai visto uno dal vivo prima di comprarlo per farne dono alla sua donna. Mimì non ne aveva mai posato uno sul piatto.

«Ci vorrebbe un giradischi. Io non ce l'ho.» E poi dopo qualche secondo di silenzio, «Prendi un libro da quella catasta» gli disse.

Il giovane uomo ubbidì. Andò verso uno scaffale in cui i libri erano messi in orizzontale.

Tra quei testi c'era un'antologia di poesie d'amore. Un libro comprato alla cieca, Mimì lo aprì e trovò un verso folgorante: "Taglierò le mie vene / e cresceranno fiori dal mio sangue...".

«Me lo leggi ad alta voce?»

Piegò il capo sul testo e lesse la poesia; era una poesia triste, ma anche potente, parlava di un uomo che si taglia le vene per far crescere e donare fiori nati dal sangue, e si strappa gli occhi per donare i colori delle proprie iridi.

«Era un uomo innamorato.»

La poesia era dedicata a una donna, era come se il poeta sentisse un'esigenza travolgente di dare qualcosa di irripetibile alla propria ragazza.

«Donare i propri colori... che bella immagine. Tu accetteresti di vivere guardando il mondo in bianco e nero come un vecchio film, per il resto dei tuoi giorni, solo per amore, solo per me?» chiese con un sorriso di sbarazzina scaltrezza Mimì.

«Per sempre in bianco e nero?»

«Il poeta per la sua amata rinuncia ai colori. Per la tua Mimì rinunceresti ai colori?»

«Sì, e tu rinunceresti...»

«Per amore rinuncio a un pezzetto di me.» Ma appena disse così, sentì di aver mentito.

Tornò a guardare i vinili morti sul tavolo, adesso parevano opachi, ricoperti dalla polvere che avevano sempre avuto e che prima non si notava.

Intanto l'asbesto aveva vinto anche il Vope.

Arianna nelle sue estati idruntine aveva imparato il senso della vita dentro l'area della morte.

«Ti sei fatta grande, una parmasia la devi fare da sola.» Mimì le insegnò a comporne una perché si avvicinava il tempo per altri che avevano lavorato il ternitti.

Arianna aveva sempre creduto a una rotta parallela che non la collegava a sua madre. Il giorno in cui Mimì le aveva chiesto di imparare a fare un paniere dei morti capì che le rotte si erano congiunte.

«Mi hanno regalato dei dischi.»

«Mamma, sono dei vinili, chissà quanto costano!» esclamò con voce acuta Arianna.

«Ho passato un pomeriggio intero a guardarli senza sapere cosa farne.» Con il giovane operaio si erano abbracciati e amati, avevano letto poesie, avevano pensato ai fiori che nasceranno dal loro sangue, mentre i vinili si facevano sempre più opachi. Poi ebbe l'illuminazione. Alla prossima parmasia ne avrebbe messo dentro uno, perché i morti fossero accompagnati da una musica terrena.

C'è una sequenza di gesti che possono apparire insensati e si collocano a volte in una dimensione rituale. Fu allora che Arianna e Mimì si erano ritrovate. Attorno al primo paniere dei morti tutto di Arianna.

Il Vope se ne era andato con una tosse potente tra le braccia di Federico.

«Rimanete tutti lontani da noi due» aveva implorato il figlio al resto della famiglia. Quando segui briciola dopo briciola l'aggravamento e l'agonia di un tuo caro il tempo si dilata e diviene più lento, i particolari si ingrandiscono e cambiano le dinamiche familiari. Federico sentì che sarebbe stato meglio essere da solo. In quei mesi aveva sofferto e si era consolato con il bene dei familiari, di notte aveva vegliato dandosi il cambio con un'infermiera e con la madre, si era occupato dell'igiene del suo genitore malato, gli aveva fatto la barba con la schiuma. Aveva imparato anche questo per lui. «Perché mio padre non voglio pulirlo e vestirlo solo quando è morto.»

Arianna gli era stata vicino e alla richiesta di Federico di lasciarlo solo assieme al padre, aveva obbedito. A volte non sapeva se sarebbe stato opportuno stargli accanto oppure lasciarlo in pace. Quando Federico aveva rasato il padre con la lama semplice, perché il Vope così voleva, e con la schiuma che si raccoglieva come zucchero filato sul rasoio, Arianna c'era stata. Gli aveva annodato intorno al collo una tovaglia di cotone che Domenica Orlando le aveva fatto recapitare da antichi corredi. Sorrideva mentre Federico insaponava le gote scavate del Vope, che respirava sempre più a fatica alzando il petto e piegandosi su un lato, come se avesse voluto rannicchiarsi. I polmoni bruciavano, ma anche dentro Arianna, nonostante il sorriso, fermentava l'immagine di qualcuno. E questi era il suo di padre. Anche se non ne conosceva il nome, lei era certa che sarebbe stata all'altezza di accompagnarlo ai campi elisi con la stessa dedizione di Federico, come una delle donne di Cecilia Mangini.

In Arianna era fresco il ricordo di un film, il documentario di Cecilia Mangini, la regista che negli anni Sessanta aveva ripreso le lamentazioni delle prefiche di Stendalì: le prefiche erano un gruppo di giovani e anziane, dal viso segnato da rughe millenarie, che accompagnavano un giovane figlio della terra verso il sepolcro. Anche lì c'era una morte da lavoro. Il ragazzo bellissimo, con i riccioli neri, appena ventenne, con le mani in croce e deposto su un cuscino bianco in una bara di legno veniva accerchiato dalle donne che lo piangevano. Ognuna di esse si strappava i capelli. Strapparsi è un'impresa meticolosa: impugnare un ciuffo e farlo girare attorno per compiere una piccola treccia. Arianna ne aveva avuta una simile ai tempi dei capelli colorati. Vedere la stessa piccola crocchia e poi estirparla l'aveva turbata, ma le aveva anche svelato un tratto che per anni non si era mai permessa di indagare dentro di sé.

La scelta di Federico di rimanere a vegliare solitario l'agonia del padre le aveva riaperto una ferita, ma l'aveva anche messa di fronte a una decisione. Agire. Avrebbe preparato il suo primo paniere come se lo avesse preparato per il proprio padre.

Ci mise cuore. Per prima cosa la cioccolata fondente, poi una bottiglia di Negroamaro, che aveva sin dal nome le radici del negromante, l'ombra che accompagna le anime morte; poi ci mise del pesce sotto sale, era muggine, ricordava che nei giorni dei tuffi con Federico quei tonnetti gli passavano vicino alla pancia, e lui e lei cercavano di prenderli con le mani, senza riuscirci mai, ma il solo sfiorare le squame le procurava vertigini. Poi scelse dei fazzoletti bianchi pieni di ricami, buoni solo ad asciugare le lacrime, cravatte colorate, due, una blu con le cuciture a vista e l'altra rossa, con minuscoli quadretti, due composizioni che Mimì aveva intessuto in fabbrica. Mise anche del pane laccato, le rosette decorative che i panettieri usano a Natale, una treccia di lana per coprirsi bene, e infine scelse tra i dischi che raccoglievano polvere e sguardi attoniti sul tavolo di sua madre. Ne trovò uno, forse l'unico che conosceva, il 45 giri di Frank Sinatra, *My Way*, che a modo suo era perfetto per scortare l'anima del Vope dall'altra parte della vita.

Ma adesso fermatevi prima di decorare il paniere del Vope, manca qualcosa. Manca l'omaggio celestiale, manca Biagino, l'uomo rotto, l'uomo gentile, il Gesù mancato della via crucis.

Solo un uomo rotto non diventa violento con l'alcol. Solo i rotti non si piegano alle desinenze oscure delle vicende umane, non rispettano le convenzioni, infrangono gli argini di ciò che appare.

Correva, Biagino, e attraversava la città con un filo di bava che fuggiva dalle labbra serrate, una rincorsa affannosa e matta per andare a mettere nel paniere del Vope ciò che a lui rimaneva della loro amicizia remota.

Arrivò nel frastuono della sarabanda dei suoi amici, la bestia, il villano, il fungo, Catone alabardato di drappi gialli e rossi, e tutta la compagnia che si formava non appena lui metteva il naso fuori casa.

Nella casa del Vope addobbata a morto con gli stemmi grigi delle onoranze funebri, c'erano una dozzina di parenti stretti che in silenzio mangiavano attorno al tavolo rimanendo in piedi. Avevano la testa china, nessuno guardava negli occhi dell'altro e tendevano le orecchie alla porta, in attesa delle visite. Nella quiete disturbata solo dal trapestio delle stoviglie e dalle gole che si raschiavano per non piangere, sopraggiunse un frastuono che veniva da fuori.

La madre di Federico si staccò dal girotondo che stava prendendo parte al pasto dei morti.

Era sconcertata dall'esercito di Biagino, in testa al corteo proprio l'ex bambino della stanza di vetro aveva una sciarpa in faccia e dietro un fumo da petardi e foschia d'aurora.

«Cosa porti in chidda busta, Biaggì?»

«Devo restituire una cosa a lu Vope.»

«Biaggì, hai bevuto?»

«Sono sempre bevuto commare, ma devo mettere questo nella parmasia di Arianna. Mia sorella l'ha scurdato.»

L'urgenza che si era disegnata negli occhi di Biagino era circonfusa da una memoria di verità e meraviglia, fedele all'ipotesi di un Vope ancora in vita.

Nella parmasia ci sarebbe finito un soldatino di birra, guardiano alla garitta del loro segreto, di quando il Vope gli fece assaggiare il primo sorso di una bevanda bianca come il latte e poi gialla come l'oro.

L'amico morto gliene sarebbe stato riconoscente e Celestino non avrebbe battuto ciglio. Perché in certi paesi, lontani dalle metropoli, spesso sono i morti a parlare e i vivi a tacere.

Mimì cucì rapida due, tre, quattro, cinque nastri di stoffa. Li sottopose all'esame della ragazzina, uno spettro bianco coi capelli rossi, gli occhi cerulei che nuotavano come perline in una biglia, e le fece notare che tutti i punti erano fermi.

«Il filo di cotone non deve essere molle.»

«E restano con le cuciture a vista?» domandò la giovane allieva.

«Guarda.» Mimì estrasse da un mazzo di fili di ferro una stecca.

«È un uncinetto?»

«Sono le stanghette degli ombrelli, con una di queste capovolgiamo le cuciture; ecco, il nastro ha solo una fessura, poi lo facciamo andare sotto il passante del fiocco. E abbiamo il nostro papillon.»

Nei pomeriggi d'inverno Mimì rimontava fino a settanta, ottanta papillon. Ogni mese c'era una ragazza da istruire, e ogni mese c'era una di loro a cui raccontare la sua esperienza di ragazza madre. L'allattamento, l'attesa, il travaglio. Anche se c'erano altre donne, altre madri, chi sul lavoro era incinta andava a confidarsi con l'eterna ragazza.

E all'eterna ragazza il popolo del cravattificio riservava sentimenti contrastanti, ammirazione e ripugnanza, il partito delle amiche che l'ammiravano, e il partito delle mogli infelici che avvertivano in lei un coraggio che loro non avevano. Ma Mimì se le conquistava una a una, senza stratagemmi.

Nell'androne della fabbrica le donne si riunivano cinque minuti prima che la campanella suonasse per l'inizio del lavoro. C'era un'atmosfera di scuola, nelle pareti blu scrostate, nelle file orizzontali di macchine da cucire riposte sui banchi, ma anche nell'aria guardinga come se un professore dovesse spuntare da un momento all'altro con l'aria severa e la nota sul registro.

Domenica Orlando era una delle più anziane, caporeparto ma a sua volta sotto altri capireparto, tutti maschi. La fabbrica era a un centinaio di metri dalla strada che andava al mare: in bicicletta pochi minuti, a piedi correndo si poteva impiegare lo stesso tempo. Si arrivava in un pizzo davanti alla marina scoscesa.

Era una mattina estiva di settembre, il cielo era terso, il tepore dell'alba faceva presagire un mezzogiorno bollente.

"Oggi è vietato lavorare" pensò Mimì. Ne era talmente certa che propose una scommessa ad Anna e Teresa. Entro le dodici si sarebbero ritrovate al mare. Anna e Teresa si guardarono con una fugace intesa e presero la dichiarazione di Mimì come una delle sue più tipiche uscite.

Ma quando, pochi minuti dopo, l'allarme antincendio riempì con la sua sirena stridula i corridoi, Teresa e Anna capirono che dietro c'era lo zampino di Mimì.

Nessun incendio, solo due stracci bruciacchiati in mezzo alle minute della stoffa. Le ragazze corsero via, ci fu mezza giornata di permesso per tutti, si sapeva che era stata Mimì, ma nessuno l'avrebbe denunciata.

Il corteo di donne a passo veloce andava verso la marina, assomigliava a una scia colorata, le urla scheggiavano il silenzio della mattina di fine estate. Mimì era rimasta nella fabbrica vuota, nel capannone c'erano i tavoli pieni di rotoli di stoffa, sembravano pezzi di un marchingegno incantato. Amò la solitudine del luogo. Sarebbe potuta tornare a casa per preparare con calma le valigie ad Arianna che rientrava a Roma, ma preferì rimanere un altro poco, mentre le sue colleghe nuotavano nell'Adriatico. Qualcuno stava ispezionando le sale deserte, allora lei si mise a quattro zampe sotto un tavolo, si accucciò, si fece silenziosa, smorzò il respiro, socchiuse le palpebre per restare sola ancora un po' e prendersi tutta la quiete.

«E questo cos'è?»
«Non vedo.»
«È una scamorza.»
«Sei sicura?»
«Cosa ci fa una scamorza nel mio trolley?»
«Non lo so.»
«L'hai messa tu, mamma?»
«No.»
«E chi l'ha messa?»
«Male non ti fa.»
«Sì, ma avvisami. L'altra volta me l'hai nascosta in una tasca. L'ho scoperta una settimana dopo.»
«Ma è sottovuoto, non sporca e si conserva.»
«Mamma questa ve la mangiate tu e zio. Non la voglio.»
«Ma portati almeno un po' di frutta.»
«Le mele esistono anche a Roma, sai?»
«Sapene de nenzi le mele di Roma.»

Stazione di Lecce, Federico non è potuto venire neppure questa volta, ai binari il giovane operaio spinge il carrello con le due valigie di Arianna. Mimì ha in mano una bottiglia d'acqua da due litri e cerca di convincere la figlia a portarla con sé sul treno.

Il giovane uomo guarda il duetto da un paio di metri, per discrezione.

Non sente cosa si dicono, ma non ci vuole molto a capire, Mimì tende la bottiglia, Arianna scuote la testa facendo di no. Sono buffe senza sonoro, sanno bene entrambe di recitare una parte. Nessuna ci crede sino in fondo.

Poi Arianna sale sul treno che sparisce strisciando tra i binari. Il giovane uomo e Mimì, abbracciati, lo guardano dissolversi.

2003

I cedri

Arianna aveva trovato posto solo sull'ultimo treno. Sarebbe arrivata ben oltre mezzanotte, nella città silente.

Mimì non aveva legato a nessuna ragione particolare quel ritorno imprevisto.

Arianna non veniva mai nei weekend, figurarsi per un inutile sabato di fine novembre. La stazione di Lecce era avvolta da una foschia bianca che aveva la parvenza di un fumo di stoppie, il treno giunse bucando una linea oscura e immaginaria che riempiva la cortina.

Quando Mimì la vide scendere dal predellino le fu chiaro che qualcosa era accaduto. La figlia aveva trascinato giù dal treno la valigia. Sembrava non poterne più, come se per giorni se la fosse portata sulle spalle, un guscio di lumaca.

Il viso di Arianna era pallido, i capelli cresciuti erano raccolti in una coda di cavallo. Aveva l'aria scarna, le orbite annerite, aveva pianto tanto.

Mimì conosceva il tempo delle domande, c'è sempre un momento giusto per chiedere, e non era ancora arrivato. La sua apprensione non l'avrebbe sopraffatta e avrebbe atteso di chiederle alcunché fino al momento opportuno. Prese il trolley, come se fosse stata una bambina, l'abbracciò con un'energia diversa, più forte, tanto da stringerle le spalle, passò la mano aperta sulla schiena, con la dovizia che si usa per riscaldare un corpo infreddolito. Arianna di solito rifiutava ogni tipo di effusione, ma davanti al vigore e al fiato rovente di sua madre si abbandonò.

Nello spiazzo della stazione c'era la Panda, era in una posizione ardita, al centro preciso dello slargo, pareva abbandonata all'improvviso.

Arianna chiese ragione a Mimì di un parcheggio simile.

«C'è lo zio dentro» rispose lei. Ma una volta arrivate, dentro non c'era nessuno.

Arianna guardò con aria di rimprovero Mimì chiedendole perché se l'era portato dietro.

«Meglio con mmia che con gli amici soi.»

«Sto scemo ha lasciato pure la macchina aperta.»

«Zio ha la testa fra le nosci, le chiavi di riserva ce le ho io.»

«Mamma, zio è un cretino, sono preoccupata.»

«Arianna, zio ha un'anima buona, che dio lo conservi, meno male che c'è. Mi aiuta, mi ascolta e c'è sempre. Tornerà. E se non torna lo troviamo. Non è mai successo che non lo abbiamo trovato.»

«Se si ubriaca e sta male qui a Lecce non lo conosce nessuno.»

«Non preoccuparti, adesso lo troviamo» cercò di rassicurarla e di rassicurarsi.

Salirono in macchina e iniziarono a vagare nella città piena di luce bianca, il viale era sgombro, Arianna era affacciata con la testa fuori dal finestrino per osservare bene ogni persona sui marciapiedi, c'era un travestito con una parrucca bionda, vecchia e posticcia che pareva fieno e dava un'aria goffa, un gruppo di studenti che cantavano attorno a un lampione.

«Prima che recuperiamo zio. Me lo dici perché sei

scesa?» chiese Mimì con tutta la delicatezza che poteva. Fece una voce dolcissima, la stessa che usava dopo aver fatto l'amore, una voce tremula e commossa, in cui le parole erano però scandite.

Non ebbe risposta.

Sentì tirar su col naso e per un attimo voltandosi vide una lacrima rigare la guancia di sua figlia. Una perlina di mercurio che prese velocità e sparì nel collo della camicetta.

«Se non ti va di parlarne oggi non ti preoccupare, me ne puoi parlare anche domani, anche tra dieci anni. Io ci sono sempre.»

«Forse tra dieci anni.»

«Ti aspetto.»

«Anche io ho aspettato ventisette anni per conoscere qualcosa da te.»

Mimì rallentò l'andatura fin quasi a fermarsi. Era proprio in mezzo a un incrocio, ma non passava nessuno, doveva prendere tutto il fiato che poteva, iniziò a respirare con il petto e poi con l'addome. Davanti si apriva simile a uno scrigno la città vecchia, di un giallo luminescente, i bagliori delle luci artificiali facevano lunari i muri delle case antiche, poi sotto porta Napoli davanti a un chioschetto che vendeva birre videro Biagio abbracciato a un pakistano, l'uomo gli aveva appena regalato un soldatino di Dreher.

«Arianna, non c'è nulla che non sai già.»

«Sono le circostanze che mi mancano.»

«Quelle te le racconto domani. Ma tu dimmi perché sei qui.»

«Se te lo dico non mi prendere per pazza.»

«Non lo sei.»

«Perché stanotte voglio dormire con te.»

«Con me?»

«Abbracciata, mi stringi forte, io rannicchiata e tu mi stringi da dietro, forte, non mi devi far andare via.»

«Non ti faccio andare via.»

«Poi parto, riparto domani sera, ma è come se io non partissi mai più. Non devi dire nulla a Federico che sono qui e neanche alle tue amiche, a Paolo, a nonna, al tuo fidanzato. Mi devi stritolare stanotte, ti prego.»

Mimì non aveva mai sentito sua figlia parlare così.

Fu un lungo silenzio tra le due donne sino a Lucugnano, il loro nido.

Non per Biagino che ciarlò tutto il viaggio che aveva incontrato chissà chi, che lo avevano portato a spasso per i bugnati e si era bevuto un litro di schiuma e che «a Lecce è città», e «quelli non sanno cos'è la birra», non sanno reggere l'alcol, sono smidollati, «fighette» senza scorza dura, «me li bevo a tutti».

Mimì e Arianna, silenziose, guardavano la linea di mezzeria della strada, sembravano molto attente al percorso, eppure sbagliarono incrocio due volte. Giunsero a casa in mezzo alla quiete invernale, l'aria che sapeva di legna bruciata e si fermarono davanti al camino; c'era solo cenere e una piccola vena di fuoco.

Mimì spostò con la paletta i piccoli carboni che ancora sembravano incendiarsi, poi andò in camera e si lasciò scivolare i vestiti come se fosse stata un manichino. Era ritta e ferma, si mise sulle punte dei piedi e iniziò a scuotersi per scrollarsi l'abito, farsi accarezzare dalla stoffa e pungere la pelle che si era indurita per il freddo.

Arianna entrò con le borse dell'acqua calda.

«Erano nel mio letto, grazie mamma, ma forse starebbero meglio nel tuo.»

«Nostro, per stasera.»

«Già.»

Il tepore della gomma delle borse raggiunse le lenzuola, ma non scalfì il cuore gelido dei materassi. Nello sfregare di tessuto e gommalacca i corpi di Mimì e Arianna si incontrarono, Arianna si rannicchiò e alle sue spalle fece altrettanto sua madre che infilò un braccio sotto la nuca e posò l'altra mano sulla pancia della figlia.

Arianna trasalì.

«Federico non mi stringe mai la pancia.»

«Non tutti gli uomini sanno abbracciare una donna. Ma se amano, poco alla volta imparano a farlo.»

«Gli uomini ti sanno abbracciare?»

«Disimparano tutti. Le prime volte ti salva la sincerità, poi cambiano, ti ricordi l'avvocato? Ha smesso subito e quando lo faceva era sofisticato, era finto. Non sentivo più il fuoco nelle sue mani. È uno dei milioni di motivi per cui è finita la nostra storia. E forse finirà anche con lu vagnune...»

Arianna notò che a nessuno dei fidanzati di sua madre lei dava un nome.

Mimì allargò le dita e trasmise un calore potente sul ventre di Arianna.

«Tienimi così» disse la figlia.

I segreti hanno un loro tempo. Alla maniera delle domande, appunto.

Maturano e cadono solo quando sono buoni, un attimo prima di marcire, come i cedri del giardino.

Era arrivato il tempo della verità e il momento opportuno era stato cadenzato dal caso, dalla notte appena trascorsa che aveva saldato i cuori di Mimì e Arianna.

Mimì non aveva preso sonno per diverse ore, ma aveva vegliato Arianna.

Negli ultimi anni i loro rapporti erano stati sporadici. Nella sua mente era cresciuta l'immagine di una ragazza molto diversa da quella che sentiva dormire pesantemente tra le braccia. Nelle ore trascorse insieme dal suo arrivo a Lecce stava venendo fuori lo spirito di sua figlia. Nel sonno e nel respiro ingrossato, in qualche brivido provocato da un sogno o forse solo da un involontario movimento di muscoli e nervi, fiorì il miscuglio di infanzia e ferinità. Arianna dormiva e sognava, Mimì vigilava.

Quando Arianna tremava un pochino, Mimì la stringeva forte al petto strofinando i seni sulla spalla, poi le accarezzava la pancia sino alla coscia.

Sentì di essere stata una madre assidua nei periodi sbagliati. Arianna le era entrata nella vita, l'aveva cresciuta in una piccola frazione di un piccolo paese fatto di pietre color ambra e circondata da colline ricche di ulivi che pareva la Palestina.

Mimì rievocava le partite con il biliardino, il sapore della pappa che preparava e assaggiava quando Arianna era una pupina rosa. Passò nella rassegna della memoria Federico e Paolo, li aveva visti bambini, si erano contesi Arianna, la sorte si era divertita con loro quattro. Ma sentiva anche che era giunta l'ora di liberarsi. Ogni minuto che veniva attraversato in quella notte, l'una incollata all'altra, le avvicinava entrambe alle loro verità del domani.

Mimì avrebbe dormito solo pochi istanti, appena chiuse le palpebre iniziò a sognare, ma presto l'aurora entrò in casa con un filamento di luce. Sarebbe iniziata una nuova vita.

La prima verità aveva un nome e un cognome.

Si chiamava Berto Brancaccio, ma lo chiamavano Accio e basta. Saliva da Chiasso perché tanti italiani ancora preferivano curarsi nello studio medico di questo signore dai natali siciliani che in pieni anni Settanta aveva fatto fortuna nel Ticino. Quando lo si vedeva arrivare nei quartieri italiani di Zurigo le donne facevano un gesto: si schiaffeggiavano il gluteo, roba da maschiacci, un gesto grezzo, ma era il modo per far capire che era giunta l'ora di mettere mano al portafoglio e fare colletta senza farsi vedere dai maschi.

«Lo sai perché?» domandò Mimì. E rispondendosi da sola: «Era molto esoso».

Le due donne si erano risvegliate da un'ora, avevano bollito il latte e l'avevano lasciato traboccare. Mentre il velo bianco della panna avvolgeva il pentolino, avevano riso della loro sbadataggine.

Poi si erano preparate un buon caffè, denso e robusto, che aveva riempito l'aria. Spiluccavano mandorle e noci secche. Sedute in cucina, infagottate nella lana delle vestaglie e dei plaid con le calze di spugna ai piedi, parlavano a voce bassa per non svegliare Biagino, ma in realtà perché vi era spontaneo nell'aria un potente senso del riserbo.

«Accio era un medico che costava caro e con la sua attività si è costruito un piccolo impero immobiliare.»

«Ho studiato Medicina non a caso» chiosò scherzando Arianna e le venne in viso un lampo disteso di serenità, solo un attimo, quanto bastò a Mimì per prendere fiato.

«Tutto ciò che ha costruito Accio gronda sangue. E adesso ti racconto una storia, la tua storia. Non te l'avrei mai voluta raccontare perché ho sempre sperato che un giorno conoscessi tuo padre, ma questo non è successo.»

A Mimì, la mattina color miele pallido e l'attenzione solenne di Arianna sciolsero il cuore e la lingua.

Accio era un ometto dalla testa piccola, tonda e lustra, aveva un pizzetto mefistofelico che gli rendeva il viso allungato simile a una maschera. Balanzino, lo sfottevano gli uomini evocando il dottor Balanzone della commedia carnascialesca, ma presto il soprannome Accio vinse su ogni altra nomina perché di scherzoso e allegro Berto Brancaccio non aveva nulla.

Chi si rivolgeva a lui era perché aveva un problema.

Accio, nel suo studio, il problema lo risolveva.

In realtà negli anni Settanta nessuna donna in un paese come la Svizzera avrebbe avuto difficoltà ad abortire, eppure se eri italiana e vivevi «come vivevo io, Accio era necessario».

Arianna contrasse il viso, socchiuse gli occhi e iniziò a guardare verso il basso.

Aveva capito cosa stava per dire sua madre. Accio praticava aborti clandestini, nel suo ambulatorio transitavano una decina di donne l'anno che dovevano far sparire le tracce di un tradimento o di una "vergogna".

Mimì usò la parola vergogna, perché fu la parola che le disse una delle mammane della casa di vetro. Rosanna e Antonio non sapevano ancora nulla. Era davvero ancora una bambina, i seni erano piccole punte rosate, le erano venute le mestruazioni solo un anno prima.

Non aveva mai avuto una nausea, ma un giorno si vide allo specchio illuminandosi con i suoi fiammiferi e scoprì che la pelle era diversa, il fuoco della fiammella riverberava una luce e una consistenza che non aveva mai visto sul suo viso. I capelli erano più neri, corvini come il piumaggio dei merli che aveva visto nelle fiere di Santa Maura.

«Seppi che ero incinta guardandomi allo specchio. Ippazio non voleva tenere il bambino e mi consegnò a una di queste donne che mi avrebbe portato dal dottor Brancaccio.»

«E per i soldi?»

«Avevano provveduto le altre donne. Forse c'era anche qualche spicciolo di tua nonna che non sapeva che l'ennesima colletta era per sua figlia.»

«Sapeva?»

«Non ha saputo nulla prima e non ha mai saputo neanche dopo.»

«Ma capivi?»

«Alcune cose non le capivo affatto. Però non avevo i quindici anni che tenevo sul documento d'identità, con quei mesi durissimi alle spalle, il freddo, le aggressioni, il cemento che ci mangiava tutti, non ero così stupida da non capire che razza di macellaio era questo Accio.»

«Ti visitò?» domandò con aria incalzante Arianna.

«No. Ma entrai nel suo studio.»

«Entrasti?»

«Mi avrebbe visitato e fatto abortire nel giro di pochissimo. Quando entrai nell'ambulatorio sentii brividi gelidi, le gambe mi tremarono. Anni dopo ho capito che la luce bianca che mi mise freddo addosso era la stessa degli obitori.»

«E poi?»

«E poi... poi tu sei qui.»

Arianna iniziò a balbettare cercando di soffocare un pianto che dilagava dentro.

«Ho avuto paura, Arianna, però è stato giusto così.

Il medico non ha mai fatto del bene. Perché non era umano. Ci vuole umanità per praticare un aborto. E lo capisci da uno sguardo. Mi vide prima che entrassi nello studio e disse che ero una bambina e che sarebbe stato veloce e che mi sarei rimessa presto. Ma la sua voce non era rassicurante.»

Mimì faticava adesso a raccontare tra i singhiozzi di Arianna, le era tornata precisa in mente la sagoma e l'espressione di Accio che la trattava in modo spiccio e sommario. Nel timbro della voce, nell'arroganza della cadenza, nel modo in cui Accio sfuggiva allo sguardo della ragazzina, c'erano le ragioni di ciò che Mimì avrebbe fatto.

Fu accompagnata da una donna in borghese, nell'ambulatorio c'erano un lettino sotto un lampadario a forma di padella, un separé grigio, l'odore di disinfettante, un tavolo di metallo. Mimì lo notò subito. Lo scrutò, si avvicinò, lo accarezzò con le mani, il freddo salì nei polsi e per il sangue fino alle ossa. Ci camminò attorno facendo due, tre, infine quattro giri. Aveva deciso. Ancora non sapeva se si sarebbe consegnata al dottore. Ma cosa avrebbe fatto, un secondo dopo, lo sapeva già. E prima che fosse finito il quinto girotondo attorno al tavolo di metallo Mimì vi si rintanò sotto.

Il dottore entrò nella stanza e vide che non c'era nessuno.

Chiamò la sua assistente senza camice e chiese:

«Dov'è questa?»

La donna scosse il capo.

«Ma la cretina è scappata?»

«Non so dottore.»

«Ma l'hai vista entrare?»

«L'ho accompagnata qui.»

«Si è buttata dalla finestra... ah, eccola è sotto il tavolo. Sei proprio una bambina, vieni qui sciocchina.»

La donna aveva un viso imponente su un corpo minuto, i tratti del viso si sformarono.

«Esci di lì che il dottore non può perdere tempo.»

«Se non ti sbrighi ti facciamo male» la minacciò Accio.

La donna si piegò fin sotto il tavolo e mise la sua faccia di fronte a Mimì alitandole a pochi centimetri.

«Non facciamo innervosire il dottore.»

«... non ti voglio fare male, ma se passa il tempo c'è più dolore» ribadì l'uomo.

Accio disse proprio così.

Anni dopo, quando in Italia fu approvata la legge sull'aborto, Accio tornò in Sicilia a fare il medico condotto e diventò il primo dottore a fare obiezione di coscienza nel suo paese. La sua quota di aborti l'aveva raggiunta, sul groppone si portava anche una scia di donne menomate o decedute, tanto nessuno poteva denunciarlo.

«Mamma» disse sospirando Arianna e succhiando con il naso. «Io non ci sono andata sotto il tavolo.»

«Sei incinta?» chiese Mimì, ma sapeva già la risposta.

«Ho abortito la settimana scorsa, mamma.»

«Federico?»

«Non lo so, ho amato altri uomini in questi mesi, uno di loro mi ha ingannata, mi sono fidata, insomma è successo e poi è sparito, forse a ognuno di noi in questa famiglia spetta uno come mio padre.»

«Lasciamo stare Ippazio e le sue angosce. Lasciamo stare gli uomini senza coraggio.»

A questo punto Mimì avrebbe potuto raccontarle perché Ippazio era una delusione, che cosa era successo quando Accio la vide scappare, in che condizioni visse quei mesi con lei dentro la pancia, il viso dei suoi genitori solenne, severo quando diede la notizia, la parola "vergogna" che rimbombava dentro la testa. Le avrebbe voluto raccontare tutto, ma sentiva anche che Arianna aveva capito, aveva capito che Ippazio non era scappato per un'altra donna come le era sempre stato fatto credere in quegli anni, ma per paura, e la paura era lei, Arianna Orlando.

«Sei stata coraggiosa» disse Mimì e strinse Arianna a sé.
«Ho fatto tutto da sola, mamma.»
«Resta qui finché vuoi.»
Ma sapeva che non sarebbe rimasta.

Arianna tornò a Roma il giorno dopo. Dormì un'altra notte tra le braccia di Mimì che questa volta non vegliò ma si abbandonò nel sonno. Ripartì dalla stazione avvolta da una coltre fredda, ma col cuore più sereno. Decise che avrebbe lasciato Federico entro Natale, ma decise anche di non frequentare più chi aveva incontrato in quei mesi.

Avrebbe dato l'ultimo esame e si sarebbe laureata, poi magari sarebbe tornata a fare il medico a Tricase o a Lucugnano, vicino alla casa di Mimì. Lì c'era un cedro selvatico, faceva frutti piccoli che somigliavano a limoni, era stato coltivato con passione, un disegno del destino che ignori per tanto tempo e improvviso poi ti si presenta davanti, con il percorso che limpido si mostra ai tuoi occhi. Negli anni in cui era stata a Roma nel suo quartiere vociante e rumoroso, ciò che le era più mancato era proprio l'albero di cedro nel cortile. Il profumo dei germogli e il sapore appuntito e amarognolo nelle torte di sua madre. Mimì ne grattugiava le bucce sulla crema, sul pandispagna e nello zabaione che nei mesi invernali preparava a colazione quando Arianna andava a scuola.

Per una volta, in un viaggio, Arianna aveva infranto una sua regola che consisteva nel non portarsi mai nulla da casa. Soffriva nel vedere che le cose buone finivano, le scorte dei dolci di sua madre, le creme di peperoni e pomodoro di sua nonna. Ma stavolta fece un'eccezione e sul convoglio per Roma l'odore dei cedri, avvolti negli strofinacci umidi per conservarne la fragranza, riempì l'aria e si diffuse tra le carrozze del treno.

2006
Gli esposti

Le particelle di asbesto hanno la forma di un gancio, sono minuscole e lievi, a vederle al microscopio sembrano antichi monili, i gioielli sobri di una regnante, o gli orecchini che possono adornare una castellana distinta. Sono i gioielli che si ritrovano nei musei degli ori classici, ricoperti dalla patina scura del tempo. Quei gancetti attraversano la bocca e il naso, corrono per la gola, spinti dalla forza di gravità, dalla deglutizione, dall'aria che entra, finiscono nei polmoni, ma quando si espira, non andranno via. Uncineranno gli alveoli e indugeranno lì. Produrranno piccole ulcerazioni, e poi lievi infezioni che risaliranno per i filamenti del corpo umano, ruberanno la voce, gonfieranno le narici confondendo gli odori, straccheranno le palpebre sopprimendo la vista.

I monili uncinati se ne sono portati via tanti a Tricase e dintorni. Chi aveva lavorato al ternitti, chi si era costruita la casa di ternitti, chi soltanto la fatica di averci vissuto accanto, dentro, o sopra, o sotto senza saperlo.

Il Vope, Antonio Orlando e tanti altri dopo brevissime o dolorose e lunghe agonie, se n'erano andati dal loro mondo di selci e ulivi.

E Mimì preparava l'ennesimo cesto di confettura e farina per l'ennesima parmasia.

Li hanno chiamati "esposti".

Una parola che si porta dietro significati occulti, ulteriori e che a Mimì ricordava l'esposizione al santo, le cerimonie per richiamare i voti e i prodigi di Ippazio, Vito, Domenica, Sofia, Biagio, Trifone e tutti i patroni del Capu. Ma gli esposti invitati all'auditorium di Corsano erano altro genere di devoti, non avevano grazie da chiedere nel pubblico incontro organizzato dall'Associazione di emigrati nel mondo per "gli esposti all'asbesto".

Arianna aveva collaborato, ma non ne aveva mai parlato a Mimì, la quale un giorno s'era vista arrivare nella buca delle lettere un biglietto d'invito. "Giustizia per le vittime dell'amianto" era il titolo, poi sotto erano scritte le finalità e le ragioni dell'incontro: conoscere quali erano i diritti e i possibili risarcimenti per chi aveva lavorato nelle fabbriche e per i loro familiari. Mimì era sconvolta. Sua figlia da mesi aveva iniziato a studiare per conto suo la storia dei loro paesi, aveva messo da parte gli alberi dell'emigrante, i concerti, le poesie, il dialetto. Restava un pugno di fibre d'asbesto, quelle che si stavano portando via tutti; e i riti delle parmasie che Arianna aveva iniziato a comporre, e che l'avevano spinta a un impegno pratico, più politico che antropologico.

Nei giorni attorno all'evento Mimì aveva preso il lavoro nella sua fabbrica di cravatte con una pesantezza che non le apparteneva. Guardava imbambolata le file di donne alle prese con i movimenti sempre uguali delle macchine cucitrici, i ronzii delle congerie elettriche e i borbottii delle presse che fumavano vapori; i dettagli del cravattificio le avevano messo un'ignota angoscia. Anche se non era una vera paura, si trattava del sentimento di chi prende l'aereo per la prima volta, di chi non conosce i rumori dei carrelli che salgono e scendono, delle manovre di un decollo. Ogni minimo brusio che fuoriesce dalla normalità accende un'immaginaria lampada rossa del pericolo. Mimì si sentiva, per la prima volta nella sua vita, esposta. Per anni aveva gestito le sue e le altrui paure nella fabbrica delle cravatte. Aveva protetto le ragazze che si chiamavano per cognome, atterrite dai macchinari, nude nei camici essenziali, che rimontavano rapide senza respiro, senza guardare le proprie ombre sui muri azzurri, chine sui fili di ferro mentre capovolgevano un papillon; e se qualcuna voleva osare bastava cercare lo sguardo di Mimì, uno sguardo rassicurante, ma che in quei giorni pareva smarrito, simile a uno spettro, un'ombra del mar Adriatico. A volte ci sono occhi negli abissi che assomigliano agli sguardi dei naufraghi e che restano ben aperti sul fondo del mare, gli stessi di un'ignota forestiera che nuotava all'Assunta con la luna fosca, sola e senza costume e che non fece mai più ritorno. Mimì non aveva nessuno da consolare in quei giorni con la lampada di pericolo perennemente accesa e gli occhi da forestiera. Fu anche questa sensazione che si amplificò con quel piccolo biglietto in carta uso-mano e il suo cognome stampigliato accanto al nome di battesimo della figlia. Orlando. Giustizia. Amianto. Vittime.

«Tanto non serve a ridarmi Antonio.»

Era il mantra scettico che nonna Rosanna recitava da giorni.

La sera dell'evento si raccolsero in camera da letto Mimì e Rosanna. Madre e figlia nell'ultimo periodo avevano avuto ben poche occasioni per poter parlare, da parte di Rosanna aleggiava un desiderio che non osava manifestare alla figlia. Da quando era morto Antonio aspettava l'invito di Mimì ad andare a vivere da lei.

Perché non glielo aveva mai rivolto?

Avrebbe declinato la proposta, ma avvertiva che sua figlia avrebbe dovuto compiere il gesto. Nella sera degli esposti si stava consumando tra le mura e gli specchi di casa Orlando il confronto tra due nette linee di apparente intransigenza. «Arianna ci tiene.» Contro «Nun mi va Mimì, nun sacciu nenzi de 'ste cose».

La porta della camera da letto fece un sibilo, si era affacciata Arianna, aveva una luce diversa dal solito, a Mimì parve addirittura che sua figlia brillasse, avvolta da un'ignota luccicanza.

Si rivolse a entrambe, che adesso erano con gli occhi socchiusi: «Perché non ci andiamo insieme?».

A tutte e tre le donne Orlando salì l'immagine del rogo

di Sant'Antonio Abate, le focarazze del 17 gennaio, quando le fascine di olivo e vite ardono nella piazza di Lucugnano e riempiono l'aria di un pulviscolo infuocato.

«Arianna, figghia mea, come ve lo devo disce, tuo nonno non torna più. Nun serve a nenzi.»

«Ma forse serve a sirma e a me. Ceddisci?»

Mimì si incupì, gelando Arianna a mezza bocca: «Sirta lascialo perdere».

«No, mamma, mio padre non lo lascio perdere, qui attorno ci stanno morendo tutti e un domani non ci sarà più nessuno a cui chiedere da dove vengo. Non mi interessa conoscere la verità delle persone, mi basta un po' di nebbia in meno, meno formalità, nonna, pure tu, è molto più importante che tu venga a questa serata piuttosto che a uno dei nostri pranzi festivi... lo riconosci?, io qui ci ho messo la faccia e il mio sangue.»

Le parmasie senza latte erano cominciate anche per le donne.

Le mogli che avevano lavato le tute di quei ragazzi robusti quaranta, trent'anni prima, adesso iniziavano a tossire con frequenza, vedevano sparire la voce, un'unica tosse che si propagava nelle case del Capu.

Hanno iniziato a stare male dalla Federica, e poi dalla Maria Giovanna e poi dalla Cristina e in ogni casa c'era una tuta che era stata lavata nel sapone. Una tuta piena di asbesto che era poi stato covato nei petti delle donne che avevano rimestato nei mastelli di acqua e sapone da bucato.

Rosanna sembrava essere una miracolosa eccezione all'ecatombe, integra e salvata, ogni giorno era nella chiesa di San Vito per il rosario e poi per la messa. Ma più che un voto, più che per la fede, la quotidiana frequentazione era un'abitudine a cui non si rassegnava per riempire il pomeriggio, che nella bella stagione era lungo, estenuante. Rosanna sotto le ceneri di una vedova moderna, che aveva concesso un privilegio a Mimì: non farle domande, non chiederle aiuto. Non covava risentimenti verso la vita solitaria e, in un certo senso, arbitraria rispetto all'intero comprensorio paesano della figlia. Negli ultimissimi tempi si era insinuata una controversa necessità, voleva essere rassicurata dalla figlia, ascoltata, piccole omissioni come non essere invitata a pranzo una domenica o il grande silenzio sulle case separate, per Rosanna, aumentavano di peso.

Rosanna non era mai stata così, aveva abdicato alla rivendicazione dei ruoli, aveva assistito e curato con devozione la gravidanza di Mimì. Veder crescere la pancia con dentro Arianna, nel corpo di colei che allora appariva come una bambina poco più che cresciuta, fu scioccante. La mise innanzi a un bivio, un bivio che l'aveva costretta a intercettare la natura profonda della figlia. Di solito a pochi esseri umani è dato di conoscere certi dettagli che hanno a che fare con la nostra natura più intima. Intercettare non vuol dire capire, ma afferrare per un solo istante, seppur brevissimo, in modo da non sbagliare.

Nella sera dell'incontro dei sopravvissuti avvenne l'ennesima svolta fra le tre donne, e tale svolta fu impressa dalla terza donna, Arianna, con la sua appassionata requisitoria. Mentre Arianna parlava da fuori venne un forte odore di bruciato; spesso, nelle stagioni che finiscono, attorno alla campagna si bruciano le stoppie ai bordi delle strade. Lo si fa di contrabbando, perché la legge lo vieta, nelle controre o all'ora di cena. L'odore di fumo, di gramigna ed euforbia asquata, è l'odore dell'abbraccio alle focarazze di gennaio.

Rosanna aveva capito la natura solitaria di Mimì e aveva deciso che ne avrebbe assecondato la vocazione.

Sulla scia della storia che stavano vivendo i paesi attorno a lei, le persone con cui era emigrata ed era tornata, a Rosanna salirono negli occhi le notti del falò e decise che quella volta, sì, avrebbe ascoltato la nipote.

Nel deserto della sera lucugnanese, l'aria era densa di foschia, le tre donne salirono in auto e raggiunsero Corsano attraversando la provinciale Maglie-Leuca e sfiorando Alessano. Terra di pajare e muri a secco, che quella sera erano d'un colore argentino, e tornavano alla loro origine primigenia, fantasmatica. Le pietre della terra pugliese risalgono a un passato preumano; i contadini le pescavano un tempo con i loro aratri a spillo per poi comporre senza malta parieti a secco e pajare. La terra di Mimì traboccava delle pietre antiche da cui si edificavano trulli e dolmen ed era come solcare un ossario, un tappeto di fantasmi. Mentre arrivava a Corsano per ascoltare le storie dei martiri del ternitti pensò al contrasto evidente che la sua terra le stava regalando quella sera d'inverno. I suoi compaesani che adesso morivano di cemento, nell'epoca dell'amianto erano cresciuti in una terra di pietre che si aggregano, si cercano, si ordinano spinte da un magnete invisibile perché vogliono stare insieme. E se c'era un male nell'amianto, non era solo il dolore dell'asbestosi, della pleurite e dei tumori che si portava dietro, ma l'aver lasciato i nostri ossari, le nostre pietre incustodite e scoperte prima che fosse notte.

Le attendeva in piazza Teresa, la leale amica di Mimì con un nuovo taglio di capelli corti, pantaloni larghi, mani in tasca, sembrava un maschio.

«A una cosa di Arianna ia ci vegno, sai?» e si rivolse a Mimì con la persuasione di chi sta rispondendo a un appello.

«Scommetto che Anna sta al guinzaglio stasera?» fece Mimì con aria sconsolata, poi serrarono la pattuglia, attraversarono lo spiazzo della chiesa ed entrarono nel dedalo di case basse che conduceva allo spazio dell'incontro.

Davanti a un garage c'erano sedie dove tre uomini giocavano a carte, tra loro c'era anche il marito di Anna, un figuro imponente, con il collo muscoloso, le braccia mastodontiche di chi aveva trascinato pesi ragguardevoli.

Schernì le donne: «La Teresa e la Mimì... sempre sole avvoi...».

«Meglio sule che pe ttia» mormorò Teresa... ma lo disse come una formula magica, una litania che sentì soltanto lei mentre fioriva e poi spariva dalle labbra.

Duecento persone assiepate nell'auditorium, c'era odore di umido e aria viziata, tre sindaci con le fasce tricolori, la folla scivolava lungo le scale che digradavano al palco collocato in basso.

Arianna prese la parola mentre ancora la gente prendeva posto. Soffiò nel microfono, il gesto apparve un incantesimo che in un attimo mise seduti coloro che erano ancora in piedi.

«Mi chiamo Arianna Orlando, mio nonno Antonio, che molti di voi ricorderanno, è morto nel 1999 di asbestosi. Volevo chiedervi quanti di voi qui hanno un familiare ammalato o morto di cancro.»

Il silenzio che si era composto dopo le prime parole di Arianna, diventò un brusio, ma poi si mutò nella quiete di chi si riassetta dopo un tramestio.

Non si alzò nessuna mano. Furono pochi secondi. Arianna fu attraversata da un lampo di terrore. Nessuno poteva saperlo, ma Mimì le lesse uno sguardo agghiacciato che non le aveva mai visto. Avrebbe alzato la mano lei per prima se fosse stato necessario. Ma forse sarebbe stato ancora più umiliante.

In quel momento una flebile voce accompagnò la prima mano che si stava alzando. «Mi chiamo Giulia.» Era una voce nota, era una della casa di vetro. Una voce che era rimasta sepolta in un avvallamento dei ricordi antichi, di certe inflessioni vocali disseppellite e poi, in un attimo soltanto, riprogrammate dall'abisso.

Sulla voce di Giulia ne salì un'altra, Vittorio, e poi Giuliano, e poi Vito, e poi Cosimo e assieme a ciò che sembrava un appello al contrario, senza chiamata, arrivarono le mani alzate, una, due, tre, dozzine e poi un centinaio di braccia connesse a timbri di voci diverse, e alcune erano rauche, anziane, altre giovani o infantili.

Si diffuse la notizia che ci fosse uno dei capi del ternitti, ma presto nell'orizzonte degli eventi si comprese che era infondata. Parlarono invece i parenti delle vittime e un malato che narrò la sua esperienza, le guance pesanti, grandi borse sotto gli occhi, ansimava invece di parlare: «Soffrivo di asma e mi diedero del simulatore, mi hanno tolto già due linfonodi, ho subito due cicli di chemio, quando finirà tutto questo?».

C'erano applausi rabbiosi, urla, si cercava un capro espiatorio, e quando un avvocato raccontò che c'era poco da fare fu sommerso dai fischi.

Si costituì un comitato, ci si scambiarono documenti e numeri di telefono, c'era gente che aveva lavorato a Casale, in Svizzera oppure a Bari. Quelli che stavano peggio erano i sopravvissuti di Niederurnen, nel cantone svizzero di Glarus, una delle tante fabbriche di ternitti in cui aveva lavorato la maggior parte dei ragazzi del Capu.

Rosanna e Mimì erano sedute in alto a destra, su due strapuntini vicini all'uscita. Pensavano che se ne sarebbero andate via presto, ma il clima si era infiammato, si sentivano fustigate da un vento di irritazione, volevano arrivare alla fine dell'incontro con una speranza.

La prescrizione per ottenere i risarcimenti era già trascorsa, ciò che restava da chiedere erano le briciole; esisteva un'assicurazione sanitaria svizzera chiamata SUVA, e poi c'erano presidenti, vicepresidenti, consiglieri di associazioni che spiegavano davanti a una folla sempre più burrascosa a chi domandare informazioni più dettagliate.

«Hai visto, ci siamo soltanto agitate» disse nonna Rosanna con le gote imporporate, «non mi va di mettere gli ultimi anni da vecchia nelle mani di un avvocato.»

Anche Mimì la pensava così, ma non voleva darla vinta e tenne la mano di sua madre per convincerla a non andare via. Dopo la burocrazia erano arrivate le storie di coloro che raccoglievano con la forca le fibre, gli addetti alla pulitura, i trasportatori di sacchi e le loro mogli.

La manifestazione si mutò in un malinconico happening, sembrava fosse finita una messa, il brusio era fioco, mestizia e stanchezza s'impadronirono degli animi.

«Mamma, nonna, qui c'è la commare Giulia che dice che stavate insieme in Svizzera» fece irruzione Arianna con la voce bassa per non far rumore; nell'oscurità e mentre oscillava sulle scale accanto alle poltroncine, portò la mano di Giulia su quella di Rosanna.

La pelle sulla pelle fu simile a un contatto tra due poli elettrici, scintille provenienti dalla fisica e da un iperuranio di esperienze comuni.

Le cellule si riconobbero.

Una volta fuori Giulia e Rosanna si ritrovarono e si raccontarono dei microscopici frammenti di una storia che si ricomponeva. Si poteva intravedere nei loro piccoli aneddoti personali la loro personale resistenza all'amiantosi. Anche Giulia era vedova, e in più era malata, raccontò che quando andarono via dalla casa di vetro suo marito iniziò a tossire. Lei gli comprò una mascherina, ma più stava male e più veniva cambiato di reparto, come se mansioni più leggere lo avessero potuto far guarire. Quando finì di lavorare cessò anche di vivere e di lui restava la mascherina che aveva preso la forma del viso, un pezzo di stoffa che pareva una sindone minuta, un'inezia della memoria.

Giulia era tornata dalla Svizzera al Capu pochi mesi prima. Ci era tornata per seppellire il marito e per morire a casa, a due passi dal suo mare. Da quella sera in poi avrebbe trascorso gli ultimi giorni con l'amica ritrovata, si sarebbero riviste, avrebbero recitato il rosario e avrebbero cantato le messe insieme.

Andare in chiesa significava anche essere vicina, per un paio d'ore a Biagino, che da quando viveva con Mimì non vedeva più.

Non era un bello spettacolo assistere alle sette di pomeriggio a un paio di ceffi che da una busta estraevano soldatini di Dreher e gridavano sguaiati: «Fammi una flebo, fammi una flebo»; e si attaccavano al collo della bottiglia per tracannare. Fra i tracannatori illustri signori come Pippo 'a bestia, Vito bruschetta, il solito Catone e Biagino, in arte Celestino che al culmine dell'ennesima giornata di bar in bar, di bicchiere in bicchiere, terminava stordito sugli scalini della parrocchia. A sera, con il calar del sole, i colori cangianti, dal marroncino al castano, che solo la pietra delle cave salentine ha, uomini inermi, segnati dalle sbronze, con le parole sbiascicate tenevano assennati discorsi, lucidi ragionamenti riforniti dall'alcol di paese. Uomini diventati dello stesso colore di quelle pietre su cui riposavano, su cui si sbronzavano, e sui cui sognavano, uomini che erano calchi del paesaggio, i santi nelle nicchie, i Buddha di Bhamyan.

«Ma sti vagnuni, quando ve prendete a 'na mugghiera», sì la moglie, era nel paese la panacea. Ma questi personaggi erano in grado di amare?

Ogni esperienza si spegne, tutto si trasforma, con poche eccezioni, e una di queste eccezioni per pochissimi eletti è il primo amore, il primo bacio e la prima tenerezza.

Per Mimì il gesto era la carezza sulla mano. Una carezza che si tramutava in una stretta, nell'intreccio di dita e nocche che aveva vissuto secoli prima con Ippazio. A nessun uomo con cui era stata aveva concesso il privilegio di prenderla per mano durante l'amore o durante una passeggiata. L'amore per lei passava da lì, transitava nel canale dell'infanzia, dell'adolescenza e di ogni cambiamento.

Quando si faceva toccare la mano da qualcuno, era il segno di un riconoscimento ulteriore. Al prigioniero Vope, condannato a morte dalle fibre d'asbesto, al gracile Paolo che dava un peso diverso ai piccoli dettagli della vita, alla figlia Arianna che le cambiava sotto gli occhi come la linea dell'orizzonte, Mimì aveva concesso il beneficio speciale.

Il Vope non lo sapeva, Paolo non lo sapeva, Arianna non lo sapeva. Neanche Ippazio lo sapeva, ma lo aveva sentito e perciò era stato amato come nessuno.

Mimì una sera prese per mano Biagio. Come se fosse stato lo stesso bambino che prendeva per mano quando vivevano a Zurigo. Ancora una volta era arrivata la telefonata che annunciava il ritrovamento di un uomo ubriaco e in stato confusionale a Pizzo Cannone. Non si sa come fosse arrivato lì. Qualcuno lo aveva recuperato, mentre ondulava per la periferia di Tricase, e se lo era portato sul mare vicino ai bar che in estate profumano di rustici e diffondono la musica dance. Flebo dopo flebo si era ritrovato a urlare in mezzo al traffico delle auto che strusciavano davanti al mare. Mimì se lo vide attorniato da una piccola folla che lo interrogava: gli chiedeva come si chiamava. Lui accasciato su frantumi di muretto sbreccato si teneva la testa con una mano: «Biagino... ma chiamatemi Celeste».

Una stella filante, la scia di saliva dalle labbra luccicava finendo il suo tragitto verso terra, ma senza un punto preciso d'atterraggio. Si fece un silenzio potente, anche la musica dei bar per un momento sembrò sparire. Mimì lo prese per mano, lui si guardò attorno, lei gli pulì la saliva con un fazzolettino, poi lo rimise in macchina trascinandolo, innanzi all'abitacolo si piegò sulle ginocchia, lo spinse dentro accompagnando la gamba destra con entrambe le mani, chiuse la portiera e sorrise agli uomini e alle donne che l'accerchiavano, come se avesse riparato a un errore: aveva rimesso a posto l'uomo inerme, il fratello balordo, nelle figurine di uomini che compongono il paesaggio attorno alla chiesa di San Vito, con il nitore delle cartoline che recitano "Saluti e baci".

Arianna si era fatta i capelli d'oro per la sera. Era stata per tutto il tramonto a farsi bella davanti a uno specchio dalle coste di legno. «Colpi di sole, manterranno» le aveva promesso la parrucchiera, una donna paffuta disseminata di nei e una voglia sulla fronte. Arianna aveva affittato una piccola pajara con il nuovo fidanzato a due passi dalla Serra, un'ansa in mezzo a due poderosi promontori di granito e vegetazione mediterranea.

Mimì ribattezzò la serata a cui Arianna stava andando incontro "La serata del primo amore". Per l'alta concentrazione di fidanzati mancati e abbandonati.

«Ma come mai ti sei infilata in questo pasticcio?»

«Federico voleva vedermi, voleva fare il moderno e conoscere il mio nuovo ragazzo.»

«Per dargli un contentino o una ferita?»

«Secondo me vuole soltanto sancire da qualche parte dentro di sé che lui è meglio e sentirsi sollevato. Non si è ancora rassegnato. Gli uomini si sentono sempre i migliori: "Ma come, stai con quello!"».

Mimì sospettava dell'arrendevolezza di Arianna alla proposta di Federico.

«Non sono sicura che tu ti sia opposta tanto alla scelta di fare questa cena con Paolo, Federico e Marcello.»

«Marcello è un uomo adulto, ha trentacinque anni, è un ingegnere.»

«Marcello sa di Federico, ma non sa di Paolo.»
«Cosa deve sapere?»
«Be', Paolo era innamorato di te.»
«Innamorato!? Che parola grossa.»
«Me lo confessò un giorno che facemmo il gioco della verità.»
«Mamma, non sei cresciuta per fare certe cose?»
«Sì.»
«E comunque era una roba da bambini. Anche a me Paolo piaceva, ma era troppo... come dire, troppo...»
«Un po' goffo. 'Nu suggitt?»
«Lo hai detto tu.»

Ci sono momenti vertiginosi dove fanno capolino nella mente pensieri compromettenti, forse oltraggiosi, addirittura osceni. I pensieri variano. Sono semplici, come desiderare la roba d'altri. Ma la voglia è come un astrolabio, un meccanismo che col tempo si raffina, una volta scoperta una fessura della ragione la voglia sa stuzzicarne i confini e sa escogitare situazioni sempre più torbide. A qualcuno sarà capitato di voler amare, e non desiderare, ma amare davvero, la donna del più caro amico, la madre o la sorella della propria amata, la confidente e amica dell'unica donna che si è sempre desiderato. Ma quante volte si è scacciato il pensiero con una scrollata di palpebre, un respiro meno approssimato o un colpo di tosse. Ma se questo non accade, la pena sarà la follia.

Quanta follia aleggiasse in quella sera di fine estate nessuno potrà mai saperlo, ma certo, si percepiva il capogiro di certi sguardi, gli aneddoti maliziosi e la voglia, la voglia che qualcosa accadesse. L'aria era bagnata, una patina oleosa di condensa che si depositava infida sui parabrezza creando una foschia simile a un fumo termale. Paolo e Federico erano arrivati con le auto a passo d'uomo. La provinciale Otranto-Leuca era viscida e tortuosa, ma ricca di suggestioni. I tornanti di Tricase Porto e l'ultimo tratto sino alla Serra furono fatti talmente piano da sentire frinire i grilli notturni oltre la nebbia. Il cambio in seconda, il cuore che palpitava.

Avevano lasciato l'auto sul poggio accanto all'Assunta ed erano scesi slittando per le scale di pietra tufacea. In fondo al viale, nell'orizzonte opaco di foschia e luci basse, c'era il tavolo dove Arianna aveva apparecchiato. Federico e Paolo non videro altro che lei. E Arianna era bellissima, era come l'avevano lasciata quindici anni prima. Come il bagno al Ciolo, con lei e la cuffia per proteggersi il colore dei capelli. Arianna apparve a loro con un bicchiere di vino bianco in mano, lo aveva appena sorseggiato ed entrambi ebbero lo stesso pensiero, che lei lo offrisse dalle sue labbra alle loro.

«Siete soli?» domandò. Federico balbettò qualcosa, Paolo disse ciò che pensava: «Pensavo fossimo solo noi....». Spaventato dall'improvviso cambiamento del viso di lei, «Ma non sarebbe potuta venire» aggiunse riferendosi alla sua nuova ragazza.

Arianna era fasciata da una gonna jeans e una maglietta stretta color pompelmo, questi abiti le calzavano come un guanto, modellavano sinuosi i suoi fianchi e il bacino. Con ingenua malizia Arianna si piegava sulla spalla del suo uomo facendo stringere ulteriormente quei vestiti aderenti. Il suo fidanzato Marcello aveva pochi capelli, un viso ospitale, segnato da un sorriso che somigliava all'increspatura d'un lago. Aveva l'aria di accogliere ogni accadimento con la sorpresa della scoperta, un misto di educazione e reale curiosità. Lui e Arianna si erano conosciuti al pronto soccorso dove lei trascorreva le notti. Una sera aveva accompagnato un amico ferito in un incidente, ma dopo che Arianna gli aveva suturato il taglio, era rimasto lì a parlare con la ragazza dal forte accento del Sud.

Chissà se Marcello avvertiva che l'aria era contagiata dal batterio di un passato che tornava in modo prepotente. Arianna danzava sui suoi tacchi, sapeva di essere osservata, bevuta dagli occhi dei suoi antichi spasimanti e del nuovo fidanzato.

Paolo percepiva più dettagli, Paolo era aggrappato anche ai movimenti e alle forme che il corpo e la voce prendevano.

Federico no, Federico era oltre, Federico era al suo matrimonio mancato con Arianna. L'attendeva all'altare, lì, nella chiesetta dell'Assunta, tra la tela di san Francesco di Paola e la statua di san Pantaleone a trenta metri da dove erano adesso. Federico per tutta la sera balbettò pochissime parole, cercò di convincersi che Arianna si era scelta questo ingegnere grigio che non sapeva nuotare. Peggio per lei. Peggio per lei, si ripeteva. Farà sempre il bagno senza il suo uomo. In mare da sola.

Non si respirava, il ventilatore rimandava solo un'aria simile a uno scirocco tropicale. Dietro il tavolo c'era il parapetto di pietra e poi fuori una pajara che Arianna riempiva di racconti di infanzia: «Sai, lì dentro ci giocavamo da piccini, lì ho dato il primo bacio», e tutti: «A chi, a chi». E quel *chi* veniva scandito in toni distinti e lontani, burberi e infastiditi dal nuovo compagno di lei. Disperati da Federico e Paolo. Ma lei non rispose. La serata corse, dentro la malvasia di Salice e nelle paste di sant'Oronzo. La luna venne fuori e la nebbia salì con il suo umido. La serata era diventata tersa. Il mare oltre la pajara e gli ulivi, finalmente si intravedeva percepito grazie ai barbagli della luna. Arianna chiacchierava e, laggiù, mugghiava l'Adriatico.

C'è un dettaglio della sera a Marina Serra che in questo racconto è rimasto fuori. Una notizia che Arianna aveva finto di non sentire, e si era scrollata di dosso come gli sguardi di Federico e Paolo che tutta la sera si erano adagiati su di lei.

Il vino era sceso nelle viscere, aveva attraversato le vene e aveva scaldato il cuore approntandolo a ogni genere di segreto. Era saltata fuori la confidenza di Paolo: «Credo che Ippazio sia in paese». Ma aveva ritirato la mano vedendo il gelo che era sceso sulla tavola, un brivido che aveva scosso pure lui sino alla nausea.

Quando Arianna rimase sola con Marcello, si ritrovò inondata di interrogativi.

«Perché non ti informi?» le disse.

«Non voglio sapere nulla di quell'uomo.»

«Ma è tuo padre. Non capisco.»

«Vallo a conoscere tu.»

Rispose brusca. Chissà se sua madre aveva già saputo. Ci fu un grave silenzio, forse durò pochissimi istanti. Ma sembrò molto più lungo.

«Mi porti da mamma domattina?»

È nell'infanzia che si maturano certi poteri, quando si cresce solitari. Mimì i suoi poteri li aveva sviluppati da bambina, quando per interi pomeriggi si esercitava a parlare con la natura e immaginare un mondo sconfinato e benigno di cui lei era parte, un tassello giusto nel naturale ordine delle cose. Si esercitava quando si infilava sotto un letto e cercava di ascoltare gli antenati.

Mimì ancora non lo sapeva, ma lo sentiva già che Ippazio, il suo Pati era a pochi metri da lei.

Quando quella mattina vide Arianna, avvolta in un pareo ocra, uscita con il primo indumento che aveva trovato in casa, il viso adombrato da un'espressione di livido ammonimento, comprese che sua figlia era il messaggero di una notizia che aspettava da sempre.

«Che si fa?»
«Tuo padre non avrà mai il coraggio di farsi vivo.»
«Perché è venuto a vivere qui?»
«Questa volta temo di saperlo.»

Mimì immaginò che l'asbesto se lo stava mangiando come tutti i suoi vecchi colleghi e che lui aveva deciso di tornare a casa per morire nella sua terra, perché lo chiamavano i suoi spiriti, gli stessi che Mimì ascoltava quando rimaneva sotto un tavolo.

Ma anche se lo pensava, non poteva raccontarlo ad Arianna, non poteva raccontarlo a nessuno.

Si salutarono con l'abbraccio che si davano quando Arianna partiva per i lunghi mesi d'inverno a Roma. Si guardarono negli occhi cercando la loro intesa incantata, i loro aggrovigliati intrecci di vita.

«Ci dormiamo sopra, la notte ci aiuterà.» Il sonno, dunque, ma anche un sogno, una premonizione.

Pati era a Tricase per qualcosa di misterioso. Un parente morto, un'eredità da spartire, vecchi familiari da rivedere, un matrimonio, oppure ciò che Mimì temeva, l'asbestosi. Non poteva sapere le ragioni della presenza di Ippazio, dopo averci dormito su la notte prese la sua decisione: cercarlo e fargli una domanda che aveva in sospeso da tanti anni.

Raggiunse la marina attraverso la strada provinciale che spaccava in due i dirupi tra il Porto e Funnuvoiere. Parcheggiò in mezzo alla strada con le quattro frecce lampeggianti occupando una vasta porzione della carreggiata, simile a una delle auto di venditori ambulanti che si posizionavano nei giorni dell'Assunta.

Arianna stava nel verandino della piccola casupola di mare. Il fidanzato dormiva sprofondato in una sedia a sdraio con un giornale sulla faccia. Si vedevano le gambe lunghe e pelose, i piedi callosi, le unghie ingiallite, lontane da ogni tipo di cura. Mimì inorridì a pensare che l'uomo fosse il fidanzato di sua figlia. Scacciò il pensiero come un sogno cattivo, un brivido, sentì che dentro di sé si infrangeva un certo senso estetico delle cose. Anche quando Arianna si era rasata i capelli aveva provato l'effrazione di un regolamento interiore, le regole del bello. La bellezza è nel portamento, la grazia nel gestire i difetti.

Poi in cuor suo pensò che con lei nessun uomo era mai arrivato a un simile degrado, nessun uomo nella sua vita si era permesso di scendere dalla gestione impeccabile dei comportamenti all'incuria suprema. Gli uomini, se non erano al massimo delle loro capacità, Mimì li mollava. Un attimo prima di spalmarsi salivanti e russanti su una sedia di mare con un giornale in faccia.

Mimì e Arianna sotto il sole bianco del primo pomeriggio sembravano uguali, due enti animati contraddistinti dalla contiguità, il colore più scuro della figlia, più chiara Mimì, ma viste nelle curve delle loro spine dorsali, nei loro identici assi facciali, nei loro movimenti perentori, le loro fronti liberate e spaziose, i capelli tirati a coda, provenivano da un identico pianeta.

«Voglio incontrare Pati» disse e scandì il nome, come se la figlia fosse un'amica o un'estranea.

«Perché?»

«Voglio sentirmelo dire in faccia che si è fatto un'altra vita, voglio sentirmelo in faccia che non ha avuto coraggio di tirarti su.» Aveva quindici anni Mimì e le mancava la determinazione per porre domande e vederle esaudite.

«Ho paura.»

«Di cosa?»

«Che tornino tutti i nostri fantasmi, quelli di quando ero bambina; non ho un ricordo della mia infanzia piacevole, ero sola.»

«I bambini soli maturano poteri magici, Arianna.»

«Mamma, le tue stranezze mi hanno sempre fatto paura.»

«Paura, hai paura dei fantasmi, delle stranezze, Arianna, forse è meglio avere qualche paura in più, ma dare anche un po' di risposte ai nostri cuori.»

«E allora portaci questa risposta, ma se è tanto cattiva, tienila lontana dalla mia vita.»

«Certo, te lo prometto. Esprimi un desiderio.»

Rifletté per una lunga corona di istanti in un silenzio d'attesa, poi con gli occhi accesi all'improvviso: «Mi accompagni a Santa Domenica? La tua santa?».

Erano passati quindici anni dalla notte di San Rocco a Torrepaduli, erano cambiate le circostanze, i corpi, lo sguardo, i progetti a breve e lungo termine. In una traiettoria c'è però sempre qualcosa di immutato.

Mimì sentiva di essere all'interno di una macchina del tempo, un marchingegno in cui viaggiare e osservare parti intere del passato, riviverle, anche un solo istante, con lo stesso spirito del tempo in cui si erano compiute. Pensava a questo mentre era in macchina con Arianna, Biagino e il nuovo fidanzato di sua figlia, Marcello, diretti alla santa. L'uomo guidava l'intera famiglia Orlando, i reduci di Zurigo, alla volta di Scorrano. Si realizzava un desiderio di Arianna: andare alla festa patronale di Santa Domenica, una volontà che sorprese Mimì, ma che la rese felice.

Nessuno di loro quattro poteva conoscere quanto era cambiata Santa Domenica in cinquant'anni, dalla volta in cui erano andati Antonio e Rosanna Orlando con una littorina che oggi non esisteva più. La folla forse era più scomposta di allora, ma era ugualmente silenziosa e appena sommessa mentre le luminarie stavano in attesa di essere accese. Era il momento più potente, Mimì avrebbe potuto avvertire il respiro dei suoi sconosciuti vicini, che in una delle strade laterali attendevano l'accensione. Non si riusciva a entrare in piazza, si vedeva da lontano un frammento della cassarmonica, l'enorme bomboniera di luci all'interno della quale stavano prendendo posto i bandisti. Ci sarebbe stato un repertorio di Mascagni, il musicista era molto amato a Scorrano e si diceva che era venuto a pregare una volta da queste parti quando viveva in Puglia a Cerignola. Marcello e Arianna erano stretti, lui le dava nervosi baci sulle chiome, sul margine del marciapiede si erano alzati sulle punte dei piedi. Biagino era silenzioso, non cercava amici con cui fare bisboccia, e attendeva i primi fuochi e le prime note che avrebbero accompagnato l'accensione.

Le tre ditte in gara si erano divise le strade, il corso era stato affidato a una ditta del Capu, le altre due, forestiere, illuminavano le altre vie che convergevano nella piazza. Era tutto buio, mancava poco a mezzanotte, c'erano i lazzi dei bambini, qualche risata, i cellulari che si alzavano sulle creste delle persone per fare luce. Poi partì la musica, un'ouverture sontuosa, a ruota il *Vincerò* della *Turandot* di Puccini, a Mimì venne la pelle d'oca. Il cielo si illuminò di fuochi azzurri e la prima via si accese, le luci realizzavano una scala di azzurro che abbagliava simile alla scia di una cometa. Dopo la *Turandot*, tornò il buio, s'affievolì la musica e cessarono i fuochi in attesa della nuova accensione che fu spettacolare, ma non quanto la prima. A Mimì salirono le lacrime, anche allora ci fu una potente ouverture, ma era una melodia elettronica, i fuochi d'artificio furono più brevi, articolati, disegnavano nel cielo un cuore, un cerchio con le stanghette di un piccolo sol dell'avvenire. Prese per un braccio Biagino e disse nell'orecchio: «È tutto così bello, perché non ci siamo mai venuti qui?». Il fratello non rispose, ma la guardò negli occhi in uno dei momenti in cui l'aria era bianca. Fu uno sguardo primitivo, gli occhi ferini di un animale che si riconosce nella stessa specie, l'intesa lontana e profondissima che legava da sempre i fratelli Orlando.

Poi ci fu l'ultima accensione, immense fontane di luce scintillavano di rosso rubino, giallo e verde, pietre brillanti sull'orizzonte del piccolo paese che adesso venne attraversato dall'esecuzione rabbiosa di Mascagni. La folla iniziò a muoversi e a varcare i frontoni e le spalliere illuminate che rendevano giorno la notte. Quindici anni dopo Mimì era riuscita a tenere unita quella che riteneva essere la sua famiglia.

«Marcello si è stancato» disse Arianna.

Mimì ne fu scandalizzata.

«Si proprio nu' cittadino» esclamò con stizza.

Erano sulla strada del ritorno alla ricerca dell'auto, Arianna e Mimì si ritrovarono accanto nella calca, sua figlia aveva tanto desiderato quella sera assieme, era il modo migliore per esprimere il suo consenso all'incontro con Pati.

Salirono in auto, iniziarono a mangiare la tangenziale, poi si ritrovarono sulla Maglie-Leuca, in fondo già si intuiva il cielo del mare. Entrarono in Lucugnano, erano le due di notte. La frazione dormiva. Erano sulla soglia di casa, Biagino disse a tutti buonanotte, «Vieni a ballare con noi al Gibò?» chiese Arianna. Marcello guardò male la sua donna. A Mimì sarebbe piaciuto, era una discoteca in mezzo agli scogli vicinissimo al Ciolo, il luogo dove sua figlia si tuffava spericolata, dove si era tuffata lei stessa, dove aveva giocato le più appassionate partite di calciobalilla, dove aveva amato gli uomini, ma sentì che non era il caso. Corrugò il viso in un'espressione che voleva dire mi piacerebbe, ma non posso. Solo Arianna poteva capirla.

Lui, lo svizzero, l'ex ragazzo con il nome del santo patrono, tutti i giorni circolava alla Guardiola, una località scogliera, un'ansa impervia che popolavano i bagnanti che venivano da Corsano e Gagliano, i paesi delle cravatte. C'era solo un bar sopra un pizzo, poi due sentieri. Uno polveroso, costeggiato da cespugli di more e fichi d'India scendeva a mare, un altro, era invece lunare, spelacchiato, abitato da qualche ficara immatura, arbusti sottili e non cresciuti, quasi nessuno lo imboccava perché saliva a monte. La gente preferiva scendere nel sentiero a mare, solo qualche temerario raggiungeva questo punto altissimo, un trampolino sulla cortina blu del mare.

Mimì non ci andò da sola, si fece accompagnare da Biagio e Arianna. Sentiva che non avrebbe potuto sostenere un incontro con pessimi risultati senza qualcuno accanto. Ma fedele alle sensazioni della notte di Santa Domenica, Arianna avrebbe atteso lontano il suo ritorno.

Le indicazioni che in paese davano Ippazio alla Guardiola insospettirono Mimì. Per il poco che ricordava delle sue notti trascorse tra le braccia e la testa poggiata sul petto del suo ragazzo a Zurigo, anni e anni fa, Ippazio non era tipo da salire in cima ai monti e guardare le onde che si infrangono sugli scogli. Era tipo da tuffi, da testa china, immersa nella spuma bianca del mare.

Una volta arrivati nello spiazzo di brecciolino Mimì divise con accuratezza i compiti. Biagio sarebbe sceso per vedere se Pati era nel mare, mentre lei, con Arianna, avrebbe aspettato tra le sedie di plastica rossa del bar.

Biagio corse giù con il soldatino di birra tra le mani, una bottiglia riscaldata dal sole il cui contenuto poteva essere tracannato solo da lui.

Sparì nelle pietre e nelle agavi, ci voleva qualche minuto, pensò Mimì e si sarebbe ritrovata di fronte al bivio.

Ma Biagio non tornò.

Arianna e Mimì avevano già consumato due coche e due chinotti. Il barista aveva portato qualche mandorla salata, la tarda mattinata era diventata primo pomeriggio.

«Biagio ne ha combinata una delle sue» si dissero, ma nessuna delle due poteva scendere, Arianna per ragioni di opportunità, mentre Mimì non se la sentiva di cercarlo.

«Meglio! Lui salirà e me lo ritroverò per caso» diventò l'ipotesi più auspicata. Il caso.

Arianna si era stufata della titubanza di sua madre, adesso aveva voglia di andare a vedere, si erano mischiate le ragioni della curiosità e dell'insofferenza, ma Mimì la fermò. Poi si sentì mancare l'aria, non ce la faceva, doveva salire, puntare il sentiero verso il cielo: uno spirito l'aveva avvertita.

Salì per quasi un chilometro avvolta nel pareo bianco, su sottili zoccoli che sembravano dotati di ali mercuriali.

C'era un piccolo spiazzo di rena e pietra, e al centro, nel punto dove era più ampio l'orizzonte, un uomo con in testa un cappellino bianco, seduto su una sedia di tela.

Fu lassù che Mimì incontrò Pati secoli dopo.

Ippazio aveva ancora la pelle d'indiano. Era scuro come la corteccia, gli occhi erano diventati sporgenti come quelli di un serpente, il corpo si era prosciugato e la testa sembrava aver preso consistenza sul resto del fisico. Aveva imparato a suonare la chitarra, si era incurvato ed era diventato piccino come tutti i vecchi, anche se lui vecchio non era.

Ippazio da mesi frequentava la Guardiola, di rado era sceso in mare, quasi sempre da solo era salito sulle colline dell'insenatura e lì trascorreva i suoi giorni. Mimì ancora andava a ballare nei locali di sua figlia e Ippazio viveva come un pensionato. Era già questa una profonda differenza.

Mimì superò l'uomo e raggiunse il ciglio del burrone, lo sbirciò rubando con la coda dell'occhio ogni particolare possibile.

L'uomo sembrò non accorgersi di chi gli era passato accanto. Salutò con educazione.

«Non sente caldo?» domandò Mimì mentre guardava in fondo verso il mare, senza voltarsi.

«Mi piace guardare il mare, ma solo da qui.»

«Non sa nuotare?»

«Ho nuotato sino a vent'anni, ora ho paura di immergermi.»

«Ha paura di tuffarsi?»

«No, ho paura di bagnarmi.»

Era incredibile, Ippazio aveva la stessa voce di trent'anni prima, ma lei non era stata riconosciuta. Si sentì pervadere da una soffusa tristezza, un capogiro, non sapeva bene che stava facendo, il registro spaginato, un uomo privo di intuito sentimentale, pensò.

Era con il viso di fronte al mare e le spalle girate all'uomo seduto.

«Mi dispiace, le posso fare una domanda, diciamo, personale?»

«Sì.»

«Lei non è di queste parti?»

«Sono nato qui, ma cresciuto in Svizzera.»

«Lavoro?»

«Lavoro.»

"Amore."

Pensò Mimì, ma non glielo chiese.

"Famiglia."

Ma neanche lo chiese.

Fermò il suo interrogatorio. Chiese come si chiamasse. «Ippazio, ma può chiamarmi Pati» le restituì la voce del suo primo amore.

«È un bel nome, le andrebbe di farsi un bagno con me, Pati?»

«Sono lusingato, una ragazza che mi chiede...»

«Pati, grazie per la ragazza, lei è gentile.»

«Non so il suo nome.»

Mimì torse il tronco del busto verso l'uomo accovacciato, rimpicciolito dentro una sedia di mare.

«Sono la ragazza che ti ha chiamato Pati per la prima volta. Domenica, ma tu mi chiamavi Mimì.»

Quale fosse la paura arcana che teneva distante Pati dal mare era uno dei tanti misteri di questa storia.

E solo una donna avrebbe potuto consentire un'eccezione.

Un'eccezione al terrore.

Mimì e Pati si erano ritrovati, ma come due vecchi amici, piuttosto che come due amanti che si erano amati in circostanze difficili, avevano fatto una bimba e poi si erano perduti.

Si parlarono dei loro lavori, della vita in Svizzera e del corso degli eventi nel Capu. Comprarono le ciabattine da scoglio e videro steso in verticale lo scheletro di plastica e gomma d'un materassino.

Lo gonfiarono scambiandosi salaci sfottò: «Sei decrepito, non riesci a gonfiare un materassino». «Guarda, ci sono riuscito, ti assomiglia, è piatto come te.» Raggiunsero un'ansa tranquilla, un posto in cui si bagnavano i bambini e dove Pati sarebbe potuto stare sereno. Mimì mandò un messaggio ad Arianna.

"Missione in corso..."

Risposta di Arianna: "Zio completamente ubriaco tiene comizi".

Pati sembrava un animale ferito, ansimava, teso come una salma fulminata osservava il cielo azzurro sdraiato sul materassino.

Mimì lo trascinava nell'acqua, prima a piedi fin dove toccava, poi giunse nell'acqua alta. Pati diventò pallido.

«Ho paura.»

«Strano» disse ironica Mimì.

«Che vuoi dire?»

«Ti facevo un ragazzo coraggioso.»

«Forse lo sono stato, ma adesso sono un vecchio che ha paura di tutto.»

«Vivi con il filo spinato e i cani da guardia immagino.»

«Non ho paura dei ladri.»

Mimì sparì nell'acqua. Lo specchio smeraldo fece un vortice dentro il quale l'eterna ragazza in costume nero e capelli lunghi, tentacolari e sottili si dileguò.

Un grumo di bollicine salì sulla superficie del mare. Mimì non c'era più.

Passarono secondi infiniti.

Pati si girò verso entrambi i lati, e vide che il mare era fermo, le onde abbozzate, la riva lontana. Il panico degli oceani. La vertigine che avvertono i circumnavigatori solitari, il senso di smarrimento di Magellano, un terrore, ma senza spirito di grandezza, solo una tensione verso un abisso di spavento.

Pati imbiancò ancor di più, la sua voce diventò stridula, smarrita, la stessa di un bambino, la tonalità piagnucolosa. «Mimì dove sei» si tramutò in «Mimì aiuto».

Trascorsero due minuti.

Sconfinati.

Non era uno scherzo.

Mimì era stata inghiottita dal mare.

E invece Mimì riemerse alla testa del materassino, cerchi concentrici come la ragnatela di una tarantola si aprirono attorno al suo volto che prese aria; respirò con la bocca, poi tornò in acqua.

Pati non si accorse di nulla. Era gelato dal panico.

Il tempo si moltiplicò, Mimì ricomparve mentre Ippazio piangeva rannicchiato su se stesso.

«Ancora una volta ti sei girato dall'altra parte» disse Mimì che respirava con la bocca e scrollava i capelli bagnati creando una nuvola di particole d'acqua.

«Pati, sai nuotare, lo so, e mi avresti lasciata sul fondo del mare.»

L'uomo rimase in silenzio, era uno shock antico, un sentimento modellato su avvenimenti rimestati nella memoria. C'era la fabbrica, c'erano le pensiline che correvano sul mare di cemento, c'era Herr Thaur col suo italiano macchiettistico che richiamava i terroni al loro ordine, e poi c'erano le nuvole di crocidolite che salivano in cielo, la crema di amianto bleu su cui Ipazio disegnava il suo incerto, ma disperato, sorriso.

Mimì ne sentì una milionesima parte, ma la sentì, e percepirne il valore la condusse a trovare dentro di sé un po' di pietà. Pietà per l'uomo impaurito, che si era rifiutato di salvarla. Ma quanta pietà poteva coltivare ancora? Quanta riserva aveva fatto in quegli anni di questo sentimento per metterla in pratica? Mimì era dilaniata dalla pietà e da un'ignota rabbia, fu forse quest'ultima a prevalere e farle compiere un gesto che non aveva neanche per un secondo premeditato: capovolgere il materassino.

Quando si vuol far imparare un bambino a nuotare, alcuni genitori lasciano il loro amato pargolo per qualche istante solo nell'acqua. Mimì fu lanciata da bambina attaccata con una corda sottile alla vita mentre i suoi genitori Rosanna e Antonio ne saggiavano la tempra e la vocazione al mare. Pochi bambini affondano come pietre, spesso ritorna, nell'improvvisa perdita della terra sotto i piedi, l'immediata attitudine a galleggiare come quando si era feti e si nuotava inconsapevoli nell'amnio materno.

È solo un attimo e va intercettato l'istante in cui la memoria ha il corridoio ideale, il collegamento con la facoltà umana che si è smarrita e che all'improvviso si ritrova intatta. Una lingua straniera che si è parlato da giovani, un dialetto che torna dall'infanzia remota, l'equilibrio sulle due ruote di una bicicletta, galleggiare sul dorso in mare, nuotare.

Non c'era nessuna corda legata alla vita di Ippazio, ma in compenso, c'era Mimì.

Pati sparì nel mare, riaffiorò rigido, con le mani che mulinavano sulla superficie creando un alone biancastro, poi iniziò a schiaffeggiare l'acqua, il baricentro sbilanciato, si capovolse, finì sotto, riemerse, ma ancora affondò. Il materassino si allontanava al largo, Mimì urlava, ma Pati non sentiva nulla se non parole sommerse da un'ovatta che non permetteva di distinguere alcun rumore. Ai rumori ovattati seguì un rombo e poi il silenzio, l'acqua era entrata nelle orecchie, forse anche nei polmoni, eppure le gambe rigide sbattevano, da un lato lontanissimo della memoria arrivò il corridoio con la facoltà smarrita, ricordò che quando si nuota le gambe non devono sbattere, ma devono pedalare e, scomposto, pedalò.

Ma non andò bene.

Mimì si avvicinò e arrivò a pochi centimetri: «Allarga e chiudi le gambe, non sforzarti, nun si nu vagnunceddu». Furono le prime parole che sentì Pati da quando era in acqua, Mimì lo sollevò, lui prese ossigeno, mosse le gambe come gli era stato detto, il corpo rimase sott'acqua, ma la testa uscì, il viso venne fuori, "Sono vivo" pensò. Passò un istante ancora. E si accorse del prodigio.

Stava nuotando.

Erano trascorse due ore dalla prima nuotata insieme di Ippazio e Mimì. La traiettoria che avevano seguito era stata un tragitto felice condito da gridolini e vagiti. Il materassino disperso nel mare, le bracciate erano state rabbiose, le urla sfiancanti come di bambini per la prima volta nell'acqua. Pati sembrava un pazzo, aveva gli occhi di fuori, emerse sugli scogli pieno di lividi e tagli perché non aveva la grazia e la pratica per salire sul sasso giusto. I rostri lo avevano tagliato come un novizio che per la prima volta si tuffi da uno scoglio marino.

Si ritrovarono ad asciugarsi su un pizzo con il sole che si era ingrossato diventando una palla rossa sulla cortina del cielo. Il tramonto si stava trascinando via la giornata e tutte le emozioni. Mimì, osservando i taglietti sul petto e sulle braccia, sentì forte la voglia di leccarli.

Nessuno aveva ancora domandato all'altro degli amori, della vita familiare, Ippazio non aveva domandato di Arianna.

Si ritrovarono sulla banchina della scogliera, con il buio che iniziava a calare e una luna bianca che prendeva posto.

In ogni coppia esiste un codice, le regole sono tante, insondabili e con mille sfumature. Ma esiste anche un registro delle parti che si scrive da solo, un canovaccio dove i ruoli di vittima e carnefice, spalla e vedetta, comprensivo e incompreso, si susseguono in una diagonale di atteggiamenti quotidiani. Il miracolo tra Pati e Mimì si consumava su questa frequenza, nel remoto luogo in cui gli atteggiamenti all'esterno possono sembrare imperscrutabili, folli o addirittura, a volte, idioti. E in questo irrinunciabile diritto alla reciproca stupidità affondava un prodigio. Mimì estrasse da una tasca un pacco di fiammiferi. Li aveva comprati nel negozietto in cima dove avevano gonfiato il materassino, tirò fuori un cerino e lo sfregò. La piccola luce disegnò un volto nuovo, una faccia che durò pochissimi attimi, una faccia piena di solchi e penombre, era il viso di Pati, un viso pieno di neri. L'oscurità delle orbite, delle nari, della sporgenza del labbro che il male faceva venir fuori. Un fiammifero dietro l'altro Mimì scopriva la faccia di Ippazio che non aveva mai avuto il coraggio di guardare sino in fondo. Gli fece una proposta.

«Facciamo un gioco?»

«Con i fiammiferi?»

«Sì. Ne accendo uno, fin quando c'è luce posso farti una domanda, al buio mi dai una risposta.»

«Perché?»

«Non ci guardiamo e forse siamo più sereni.»

«Affare fatto.»

«Ma a una condizione, Pati, se mi fai una domanda tu, me la fai con dolcezza.»

«Promesso.»

«È come il gioco della verità, ma è il nostro gioco della verità.»

Dove c'è il fuoco ci sono Pati e Mimì.

«Quando hai chiuso in fabbrica?»

Gli occhi illuminati dalla luce artificiale dei cerini si incrociarono e Ippazio iniziò a raccontare.

Tornarono i dettagli della memoria, brani che si erano depositati in zone rimosse e adesso fiorivano con la lungimiranza di una semina antica che dava finalmente i suoi frutti.

Pati sapeva bene che in fabbrica si moriva, che il cemento era veleno, ma a diciannove anni ci dormi sopra e il giorno dopo sei tornato un fiore. Lui era andato via perché aveva visto, negli occhi si era registrata una delle tante possibili fini, l'uomo che era caduto nel cemento si chiamava Giacomo. Ed era un ragazzo di Calabria.

La testa di un fiammifero si arroventò e poi fece una fiamma che si mutò in una nuvola d'argento. «Pati, non posso credere che tu abbia fatto una cosa del genere» sospirò irrequieta Mimì.

«No, aspetta, non è come credi, non è uno di quelli che ti vennero a cercare la notte famosa. Era un ragazzo che io avevo visto solo la sera che è sparito nel cemento, ma era anche un ragazzo che a differenza di tutti noi è morto in tre secondi senza vedersi sfiorire in questo modo. Il ragazzo l'ho fatto morire io, nella pensilina che attraversavamo c'era un punto senza bulloni su cui non bisognava mai appoggiare il piede. Nei turni c'era sempre un caposquadra che illustrava il pericolo. Quando seppi come si chiamava e da dove veniva, un demonio mi illuminò, mi squarciò il petto. Non raccontai della pensilina difettosa. Pagò per tutti i Giacomo, ero convinto che fosse una vendetta.

Poi è successo che ho lasciato il lavoro, non riuscivo a stare in un posto dove avevo compiuto un simile crimine. Provai anche a denunciarmi alcuni mesi dopo in un commissariato, ottenni una visita dentro un sanatorio per malattie mentali. Imparai a suonare, facevo lavoretti, giravo con questo enorme senso di colpa.»

Altro fiammifero, luce, altra domanda.

«Nessun senso di colpa verso tua figlia?»

Buio.

«Non volevo che Arianna pensasse che suo padre era un assassino, non volevo che lei crescesse con questa colpa.»

Fuoco e un soffio.

«Hai passato tutti questi anni a trovarti una scusa come questa?»

Dopo il fiato tornò il nero pesto.

«No, è la verità.»

Non c'erano più fiammiferi, solo il barlume celeste.

«Che le colpe dei genitori ricadano sui figli, mi è sempre sembrata una gigantesca stronzata, non sei un assassino. Forse non conosci bene il significato della parola. Assassino. Ti assicuro che io qualcuno ne ho conosciuto.»

«Me lo hanno ripetuto tutti in questi quasi trent'anni, non ci credo, lo sono, piuttosto mi sono abituato a conviverci.»

«Un ragazzo di nome Giacomo, neanche conoscente del nostro aggressore, cade nel cemento perché tu non sei stato solerte nello spiegare il difetto di una pensilina? E questa cosa la chiami omicidio?»

«Mi sento colpevole.»

«Ma una piccola parte di questo grande senso di colpa non poteva essere usata a fare qualcosa per aiutarci?»

«Non posso mentirti.»

«Raccontami la tua versione dei fatti, Pati, ti prego, perché mi cercasti Berto Brancaccio e sparisti?»

Il crepuscolo che aveva preceduto il gioco della verità era stato sbalorditivo, con filamenti di nuvola nella vastità madreperla, rosa, ciliegia. Adesso che era arrivato il buio, le nuvole si erano colorate del ciano, della pervinca, le stelle erano rade e Pati sembrava cercarle con lo sguardo per raccogliere minuti preziosi, respirare il più possibile.

«Io ti amavo, ma uscivo con un'altra ragazza.»

«Lo sospettavo.»

«Aspetta, non è come credi. Lei si chiama Franca, ma è tedesca. Non era facile la sua vita. Ti ho raccontato una bugia. Ti ricordi quando dissi che ero caduto?»

«Non ci ho mai creduto.»

«A cosa.»

«Che eri caduto, lo sapevano tutti che ti avevano pestato Giacomo e i suoi.»

«Ma all'inizio ci hai creduto.»

«Meno di quanto immagini.»

«Conobbi allora Franca.»

«Hai fatto una scelta.»

«Ho scelto Franca. Lei era una donna, tu una bambina.»

«Ma la bambina era incinta e tu l'hai lasciata nelle mani di Berto e sei sparito, ma ti sei mai reso conto di quello che stavi facendo? Ci hai mai riflettuto?»

Passarono alcuni secondi.

Ippazio cercò con gli occhi l'orizzonte, i filamenti

di nuvole erano spariti, le stelle iniziavano a disegnare le costellazioni. "Il gran carro celeste" avrebbe voluto dire, urlare. Invece era costretto a rispondere, impalato innanzi alla più solenne delle rivendicazioni.

«Quella bambina... non sapevo... di chi eri rimasta incinta.»

Mimì per un attimo pensò di aver capito male, si diede un'altra possibilità, era il timore che aveva covato di più. La verità che Ippazio stava per raccontare era forse l'unica verità che andava serbata. Era il gesto supremo di tutte le vigliaccherie. Mimì era stupefatta, affranta, sentiva nella gola fermentare il sapore amaro dell'adrenalina, della commozione, della collera. Sentì salire un dolore fortissimo dentro al suo seno, una fibra misteriosa presente dietro la corona del capezzolo tirava a sé nervi sensibili. Ippazio confessò. La notte in cui ci fu la retata di Giacomo nella stanza lui ebbe il dubbio che si fosse consumata la violenza su Mimì. Arianna non era figlia del loro amore, ma di quella violenza.

«Non potevo sostenerlo» emise gelido Pati, adesso gli occhi erano sperduti in un punto lontano.

Mimì non credeva possibile che esistesse una frontiera ulteriore della vigliaccheria. Per anni aveva coltivato la pazienza: Pati aveva diciannove anni, era un ragazzo con ancora le sue debolezze, ma ciò che le aveva raccontato, era una scelta da vili, non da vigliacchi. Se non fosse stato innamorato di lei Mimì lo avrebbe perdonato, ma lui lo era, lo sentiva e sentiva ancora adesso, dopo decenni, che qualcosa di integro del loro amore era rimasto. A un uomo del genere poteva raccontare degli anni trascorsi distanti? Degli spiriti con cui parlava e che l'avevano salvata tante volte? Gli antenati a cui si era affidata anche la notte maledetta in cui sotto un letto aveva atteso di essere sottratta al pericolo?

Mimì si alzò dallo scoglio sentendosi addosso delle piaghe, come se fosse stata in ginocchio per ore, i muscoli si erano irrigiditi, la mandibola serrata per la scioccante confidenza.

Ippazio non riuscì a finire di parlare. C'era ancora un pezzo di storia da raccontare, c'erano ancora altri cerini da accendere. Un altro segreto.

Mimì era già lontana. Lui la chiamò, ma lei sparì tra le pietre.

Ippazio era rimasto sugli scogli, ma questa volta nessuna viltà. Era stata Mimì a chiedergli di rimanere finché non fosse andata via.

«È meglio che non la vedi Ippazio» gli aveva intimato, chiamandolo per nome.

Non riusciva neanche a immaginarlo per il raccapriccio. Se lo avesse visto, avrebbe notato un uomo accartocciarsi su di sé, il capo e lo sguardo rivolto verso il basso, un esile, ma vibratile spasmo ai muscoli delle gambe, un brivido di paura. Lo aveva lasciato in una posa sconfitta. Lui non aveva avuto la forza di reagire.

Voleva dirle che Arianna l'aveva vista, l'unica volta che era venuto prima di allora, era stato uno scontro, che Arianna lo aveva redarguito e umiliato davanti a decine di persone. Era successo anni prima, quando aveva affittato una casa con un grande castagno nel centro di Gagliano del Capo, e che lei, sua figlia, era venuta e lo aveva umiliato con lo sguardo, con un'espressione ironica. Avrebbe voluto raccontarle di questa ulteriore coincidenza. Ma Mimì era già andata via, aveva messo alle spalle il suo uomo, i tentennamenti, il sapore amaro della viltà.

«Non vi merito!» urlò contro il cielo, ma non uscì neanche il fiato, le labbra si mossero senza suono.

Arianna e Biagio erano nel bar della Guardiola, attendevano istruzioni, il messaggio che arrivò da Mimì gelò la figlia: «Aspettatemi, arrivo da sola».

Biagio ordinò un vino. L'ultima bottiglia aveva il tappo rotto, il barista la regalò. Biagino esultò.

Il sentiero che Mimì percorse si rifletteva nella notte come se fosse stato disseminato di una polvere luminosa. La luna altissima illuminava i pizzi della Guardiola.

«Arianna, andiamo via da questo posto.»

Fu la prima cosa che Mimì sibilò mentre la figlia era china sul telefonino impegnata nello scrivere un sms.

«Mamma, ti stavo scrivendo, perché sei sola?»

«Perché è meglio così.»

Ad Arianna non stava affatto bene così, aveva in bocca il retrogusto di una vergogna lontana, era stata tutto il pomeriggio ad accudire lo zio che le implorava ogni minuto di andare via, «Tanto torna da sola mia sorella», e lei aveva creduto che Mimì sarebbe riapparsa con un uomo e se lo era immaginato in mille modi diversi. Per ogni minuto aveva disegnato nella sua mente la visione di un particolare, le dita delle mani, i piedi, la distanza degli occhi, la forma del naso. Arianna si era vista mille volte le braccia e le gambe che erano diverse da quelle di sua madre, sicuramente appartenevano a Ippazio, voleva vedere da che parte arrivavano i pezzi del suo corpo. Arianna non poteva più aspettare, si era esaurito il tempo del mistero.

«Mamma, di' la verità, cosa gli hai detto, perché non lo hai fatto venire?»

«Perché è meglio così...»

«Oddio, mamma la pianti con cosa è meglio per me. Ho trent'anni, sono quasi un medico e ancora mi tratti come una bambina... credo sia arrivato il momento per vedere come stanno le cose.»

Non terminò la rivendicazione che già era sul sentiero da cui sua madre era salita. Mimì la chiamò, ma Arianna ricolma di una determinata energia stava salendo nel nero della sterpaglia che andava su al belvedere. C'era solo la luce del display del suo telefonino, un alone biancastro e verde che l'aiutava a non inciampare, sembrava fosse guidata da un elfo magico, un monachicchio buono circonfuso di polvere luminosa, e poi il cielo rischiarato dalla luna, una luna infuocata che prelude a un disvelamento.

Andiamo Arianna, non ti curare dei graffi alle caviglie e delle braccia pizzicate dagli animaletti notturni, non lasciarti incantare dalle minuziose particole fluorescenti delle lucciole, corri prima che sia tardi, prima che Pati abbia commesso una sciocchezza.

Arianna non incontrò Pati lassù.

C'era solo il rumore del mare nero e le forme tenebrose di un orizzonte che si infrangeva sulle montagne dell'Albania.

Fu allora che Arianna venne colta dal sospetto che Mimì si era inventata tutto, un sospetto che montò dentro, divenne burrasca, le appannò la vista e la fece scoppiare in una risata nervosa... Sì. Mimì era il tipo, ha sempre parlato da sola, figurati se qui non avrà incontrato qualcuno dei suoi antenati e dei suoi santi.

Arianna riprese la provinciale, la strada d'asfalto allungava il tragitto, ma avrebbe evitato di ferirsi le gambe, scese con indosso l'aspetto d'un fantasma, la strada era buia e le auto che la incrociavano sferragliavano gli abbaglianti, era ancora lontana dal bar dove l'aspettavano, era stremata, scossa, sentiva anche un'infelicità lontana che cercava di scrollare concentrandosi sul buio. Poi il neon di un furgoncino che vendeva panini nella piazzola di un tratto largo di strada. C'erano sedie di plastica, il rumore del generatore elettrico si mischiava alle note rauche di *Radio Venere*, una canzone italiana di un gruppo di rock progressivo anni Settanta, un uomo stava afferrando una birra che la signora dietro il banco gli aveva appena stappato. Arianna lo mise a fuoco, aveva addosso una magrezza malata che lei sapeva riconoscere, ne aveva visti a dozzine nei suoi tirocini ospedalieri.

Era un uomo che non stava bene, il colorito della pelle esaltato dal neon assomigliava all'argilla che il tempo sfiorisce, la schiena presentava un principio di inversione, ma dalla postura Arianna capì che era un male recente, qualcuno che aveva iniziato a piegarsi da poco. Le ciocche dei capelli avevano il bianco stopposo di chi aveva subito uno shock, l'uomo sentì di essere osservato. Arianna riconobbe in lui l'uomo dell'Albero dell'Emigrante, ma non era lo stesso. Era molto diverso, era come se fossero passati decenni. Le mani, com'erano le mani? Erano ancora quelle mani squilibrate con l'avvenenza del viso? Ma che avvenenza e avvenenza, il viso era un cumulo di sporgenze e le mani callose da contadino erano diventate sottili, ossute, e adesso sembravano avere anche qualcosa di femminile, assomigliavano alle sue, le mani di Arianna. Stava per dire qualcosa, stava per parlare, ma un groppo di saliva la stava soffocando, Arianna era paralizzata.

Nessuno ebbe il coraggio di parlare, Arianna era rimasta ferma, in una posizione eretta con il petto infuocato e la schiena che le si impalò. Pati rivedendo la scena di qualche anno prima, ma con sua figlia adombrata da un terrore, si voltò dall'altra parte, c'era un'auto con una portiera aperta, lui entrò dentro rapido e goffo, forse si ferì per non perdere tempo, per non cambiare idea, il rumore sul brecciolino fu un sistro macabro che fischiò per tutta la provinciale. Gli aironi acquatili si alzarono in volo dalle posidonie degli scogli. Arianna non voleva crederci, era scappato, suo padre era apparso per un brevissimo istante e adesso non c'era più.

Mimì corse verso di lei con le braccia tese, la strinse nell'oscurità, da fuori l'incontro delle due chiome sembrò un groviglio di lanugine. In un silenzio amaro, col magone in gola ingombrante come un pomo.

Il viso terreo di Arianna assomigliava a una maschera scheggiata, si divincolò dalla stretta e con un ghigno sarcastico dipinto domandò: «Prima di tornare a casa andiamo a giocare a biliardino?».

«Io e te?» fece Mimì indicandosi col dito con un'espressione sbalordita, come a chiedere se era sicura di quello che aveva appena detto.

«Io e te.»

Biagino si avvicinò alle due donne con la bottiglia di Negroamaro. Arianna fece segno di no, incrociò le braccia e piegò la testa, cercò con lo sguardo il biliardino per non vedere suo zio.

«E tu, Mimì, bevi 'na volta apprissa a tuo fratello?»

Mimì camminò come se stesse in una stanza buia e fosse notte fonda, sulle punte, per non svegliare dal sonno qualcuno. Arrivò davanti al fratello che stava sradicando con una forchetta il residuo tappo di sughero della bottiglia. Se ne ruppe ancora un pezzetto, lo spinse in giù.

«Miracolo, non si è sbriciolato.»

«È ancora buono il vino?» si informò Mimì.

«Bonu» disse Biagio che già lo aveva assaggiato e con un sorso potente ne aveva bevuto quanto un bicchiere. I denti si erano riempiti di vene rosate, la bocca era una fessura color rubino. Voleva aggiungere qualcun'altra delle sue notorie considerazioni, ma Mimì gli aveva strappato il collo della bottiglia. Biagino incredulo e contento si fece togliere il vino dalle mani quando capì che sua sorella lo aveva fatto non per rimproverarlo, ma per berlo lei. Si tirò su i capelli, si guardò intorno come se stesse commettendo un piccolo reato, e ne tirò un sorso, si bagnò le labbra, si colorarono di nero, parevano corteccia. Allontanò da sé la bottiglia per vederne l'etichetta, l'avvicinò agli occhi: «Sembra bonu davvero, tieni ragione Biagino» disse calcando l'inflessione dialettale più che poteva, poi capovolse la bottiglia e obbedì al comando di una zona ingovernabile di sé. Un angolo che la comandava a esporsi. Esposta ai suoi spiriti e ai suoi santi.

Arianna la vedeva da lontano, seduta su una pietra con lo sguardo imbambolato, fremeva sin dalle punte dei piedi per sfogare in una partita di calciobalilla una rabbia feroce che stava montando, poi si alzò e andò verso sua madre, le tolse la bottiglia di mano stupendola, poi iniziò a svuotare il vino sulla terra, in un orto selvatico trapuntato di fiori campestri.

Biagino la squadrò scandalizzato. E Mimì rispose al suo amato fratello.

«Dà da bere anche a loro.»

«Loro chi?»

«Chi ci sta sotto, Biagino.»

«Non lo so chi sta sotto.»

«I morti.»

«I morti?»

«Dà da bere alle anime morte, le saranno riconoscenti.»

2011

La peste

Mimì si era alzata il bavero sino alle orecchie come un bambino. Il maestrale si era tramutato in scirocco, pungeva e il cielo era attraversato da un'opaca nuvolaglia. Stava sul tetto rigirandosi l'anello turchese che quando era piccola il misterioso musicista le aveva regalato. Lo aveva ritrovato in un baule di tiglio pochi giorni prima che iniziasse la protesta. Lo calzava con la sensazione precisa di avere indosso un amuleto, un prezioso e portentoso oggetto a cui reclamare stregonerie.

Il cravattificio era un capannone sulla provinciale che declinava verso il mare. Alle spalle c'era Tricase, il paese arroccato sulla collina di tufo che guardava a est. Dal tetto Mimì osservava gli orti e gli ulivi digradanti verso il mare, lo svettare in lontananza di un punto verde avvolto da stormi di beccacce, l'immensa quercia Vallonea. L'albero era smisurato e imponente, piantato al centro di un fragneto, lì Mimì ci era andata ventenne con qualche suo fidanzato che non ricordava più, aveva provato ad abbracciare l'intero tronco, poi aveva invitato i suoi compagni a fare altrettanto, tentava di sfiorare le loro mani. Non c'era mai riuscita, erano troppo corte le braccia dei suoi uomini. Si rese conto che aveva amato solo uomini minuti, uomini incapaci di abbracciare una quercia.

Mimì era sul tetto ondulato come la scenografia scolastica disegnerebbe un mare con i cavalloni; da tre giorni mangiava frutta secca, beveva latte caldo, caffè, tè nero che venivano carrucolati da terra dentro i thermos di plastica. Lassù, una decina di metri dal suolo, Mimì aveva iniziato una battaglia. Sulla carta era uno dei tanti "clamorosi atti di protesta" che in Italia arroventavano l'autunno. Pochi giorni ancora e sarebbero arrivati Ognissanti e i Morti, i giorni in cui i paesi si riempivano di corrente e fumo di camino. «Sono disposta a rimanere qui fino a Natale» diceva a chi si alternava con lei sul tetto, ma in cuor suo pensava: "Anche a rimanerci per sempre". Le compagne si davano il cambio rispettando i turni che si erano stabiliti nei giorni in cui si era organizzata la manifestazione. La direzione centrale aveva in programma di chiudere gli stabilimenti in Italia per aprirli in India e Romania. Se qualcuno voleva continuare a lavorare per la Good Tie poteva benissimo farlo, ma avrebbe dovuto preparare i bagagli e partire per Mumbai o Timisoara. Il nuovo amministratore delegato era un uomo di quarantacinque anni, con l'aria di un simpatico fumatore di spinelli piuttosto che di un truce tagliatore di teste in livrea; non era mai sceso da Roma fino a Tricase, ma era stato abbastanza loquace nelle interviste alla stampa locale rilasciando dichiarazioni apprese su quei manuali di cinismo che insegnano ai parvenu che restano tali anche da capi: «Troveremo una soluzione che non lasci scontenti i nostri interlocutori...».

Remo Frassino era il delegato sindacale. L'uomo senza qualità, voce calda e tonante, pizzetto e testa lucida. Era salito con la scaletta di ferro per portare qualche genere di conforto e parlare con le contestatrici. "Le donne sui tetti delle fabbriche" titolava la stampa.

Remo non guardava Mimì, di rado guardava in faccia le persone. Le palpebre pesanti gli coprivano gli occhi.

«Anche tu?» le disse senza incrociare lo sguardo.
«Anche io.»
«Mimì, ci sono già le ragazze. Tu stai qui da tre giorni.» E indicò un gruppo di giovani donne.
«Che ne sanno quelle poverette, io ci lavoro da trent'anni alle cravatte.»
«Lascia spazio a loro.»
«Ma io sto qui per me, io ci resto tutta la notte, qui c'è la mia vita, io ci resto per sempre quassù se chiudono questa fabbrica. Io sono nata e cresciuta nelle fabbriche, a me non mi butti fuori.»
«Mimì stai facendo del protagonismo inutile.»
«Sto facendo la protesta, il resto è...»
«Mimì sei pazza.»
«Portami un po' di legumi in scatola e un po' di frutta fresca, tante coperte e carburante per le stufette, qui ci servono.»
«Ti servono.»
«Mi servono, sì, mi servono. Ho pagato la tessera al sindacato come tutte qua dentro, avrò qualche diritto pure nel mio sindacato o devo occupare anche lì un ternitti per essere ascoltata?»
«Già, parla al singolare, perché se tu resti qui, nessuno vorrà rimanere con te...»
«Nessuno ha fegato, è questa la verità Remo, nessuno le obbliga a stare qualche ora, possono fare come pare a loro, io ci voglio rimanere e se volete mi dovete portare via con la forza.»
Il tono della voce era cresciuto, qualcuno ai piedi della fabbrica avrebbe potuto intendere che sul tetto era in corso un diverbio. Frassino con aria preoccupata, ma anche risentita, interruppe il dialogo e sparì nelle scale che scendevano a terra.

Mimì per tutta la sua vita si era rifugiata sotto un letto o sotto un banco, aveva creduto che fosse lì il riparo per avvertire la quiete degli antenati, che si percepisce nei luoghi al sicuro, dove respirare e chiudere gli occhi sereni. Sotto un letto, sotto un banco, sotto un tavolo aveva sempre trovato protezione da qualcosa di cattivo. Dalle anime morte a cui dava da bere, aveva sempre avuto la salvezza perché la sua terra è fatta di spiriti benigni, si mutano in fossili e sassi, si cercano e si aggregano in specchie e pajare in onore delle loro origini.

Ma ora sentiva che erano cambiate le regole: adesso doveva salire su un tetto, sul "ternitti" della fabbrica per affrontare il nemico invisibile di una vita.

Mentre era avvolta da coperte di lana che pizzicavano, mangiava frugale e faceva i suoi bisogni in sacchetti chimici, aveva capito che lassù era il suo posto. Non protetta da un tetto, ma sopra, con il contatto diretto del cielo. E il cielo in quei giorni era un cielo cattivo, bigio e tetro, senza neanche il conforto delle piogge. La campagna stava morendo, i boschi erano senza brina e senza il profumo dei funghi che di solito punteggiavano il suolo silvestre nei giorni d'autunno. Era lontana l'estate, il caldo della marina, i fuochi di San Vito sul mare di Tricase Porto, l'ombra magica delle ville rosse del Capu e le serre trapuntate di luci.

L'estate era trascorsa, ma aveva lacerato Ippazio.

Non era più l'estate del mare temprante, il velo sottile della salsedine che pizzica la pelle ma poi rigenera, come un fango fertile che viene dal cielo. Con il passare del tempo le estati di Ippazio erano diventate diverse, il caldo assomigliava a una persecuzione, sete e pruriti, la traccia di un luogo infernale che veniva dal suolo. Il colorito di Pati non era più scuro e argilloso, bensì di un pallore simile alla sabbia degli arenili. Nelle orbite magre si leggevano i suoi anni al ternitti. L'istituto di medicina aveva pronosticato che marinai, operai, minatori italiani che avevano pranzato con asbesto e crisotile tra la fine degli anni Sessanta e l'inizio degli anni Ottanta si sarebbero ammalati entro il 2015.

Pati aveva davvero creduto di averla scampata. Sentiva che era arrivato a pochissimo dalla salvezza, ma non nel tempo sufficiente, la tosse catramosa che annunciava il male era arrivata anche per lui.

Era tornato a vivere per sempre nei suoi paesi, aveva preso casa a Novaglie in un punto in cui il mare faceva un'insenatura di acqua ferma, limpida, dall'odore di torba e su cui in autunno galleggiavano rami di lavanda e bacche selvatiche. Certi giorni non andava neanche in paese, lo angustiavano i rumori di città e il suono delle campane che in Italia non dà tregua; catturava granchi e rane di mare, le arrostiva su stecchi come un prigioniero in fuga (e sentiva questa condizione, come l'unica condizione a cui appartenere con dignità). Nella sua vita selvaggia leggeva un senso preciso: l'espiazione.

Rifletté spesso sulla giornata trascorsa su un materassino di gomma tra le onde con Mimì, colei che gli aveva donato l'ultima occasione di riscatto, per mostrare coraggio. Non ne aveva mai avuto nella sua storia d'amore, lo aveva avuto in mille altre cose, perché anche a vivere annegati nel silenzio e sul mare ci vuole passione e ci vuole coraggio. Ma nei confronti di Mimì no, era vero, lui era un codardo. Spesso qualcuno in paese si era sentito in dovere di raccontare qualcosa sulla sua prima fidanzata. «Pati, senti ammia, hai fatto un affare a lasciarla stare» era il senso del messaggio che si declinava di bocca in bocca. Era un trattamento che avevano subito tutti gli uomini di Mimì a causa del carattere di quella donna poco addomesticabile. Funzionava come una goccia cinese: al principio non faceva male, era rugiadosa, ma poi diventava una stilla di piombo.

A chi, con una frase, un aneddoto o un'espressione della faccia, aveva scalfito il nome di Mimì, Pati non aveva mai opposto resistenza, si era trincerato ancora una volta nel silenzio, ma altro non era che una disperata difesa personale. E una moltitudine di volte si era pentito dei suoi silenzi. E si era pentito di aver abbandonato al loro destino le sue donne. Mimì, Arianna, ma anche la stessa Franca, che un mattino di qualche mese prima aveva lasciato con un semplice biglietto con su scritto: "Non cercarmi più".

Scrivere una frase che liquidava in poche sillabe anni di convivenza presupponeva una lunga riflessione. No. Pati fu indotto da un evento insignificante, era una mattina ed era con Franca sulle scale mobili dentro un centro commerciale di Zurigo. Questo luogo era una struttura avveniristica, i cui piani erano altissimi, una mastodontica cupola di vetro sovrastava l'atrio nel quale sfociava il serpente di gomma della scala. Il tapis roulant era lungo e ripido e Pati una volta su, non riusciva a controllare la sfrenata voglia di attraversarlo a falcate. Un gesto infantile che riesumava le bagatelle ai tempi del ternitti, quando sul cemento molle faceva i disegni. Ma mentre percorreva correndo la scala con dietro Franca che camminava molto più lenta, sentì un ingorgo nel petto, il respiro gli si mozzò, l'enorme cupola di vetro sembrò venirgli incontro e una vertigine seguita da un sudore ignoto gli imperlò la pelle.

Fu il debutto del male, la tosse sarebbe arrivata nei giorni successivi, ma Pati ebbe la sensazione precisa del male e della morte. Il malore gli fece perdere cognizione, lo piegò in due e le voci che lo circondavano diventarono ostili, e anche se lui il tedesco ormai lo parlava bene non riuscì a comprendere quello che gli stava dicendo Franca e tutte le altre parole che la gente attorno scandiva cercando di aiutarlo, giacché alla fine del tragitto della scala mobile era caduto.

Pati ripensò spesso al malore, alla nebbia di volti e parole sconosciute, alla lingua di Franca che non capiva più, ai sentimenti che si erano raffreddati, e il primo amore gli era tornato come un sepolto richiamo. Non voleva morire lontano dalla sua terra, dai suoi fossili e dalla sua lingua; Mimì rappresentava il mondo prima del ternitti, prima di conoscere la *hybris* di un materiale che si chiamava eterno, ma che non era fatto per fallaci e mortalissimi umani e per il quale erano stati arruolati migliaia di uomini.

Pati lasciò senza spiegazioni Franca perché lasciava senza spiegazioni la sua vita da arruolato e aveva deciso di vivere per sempre da reduce.

Bisogna partire dal groviglio interiore di Ippazio,

dai suoi atti mancati e attraversare il male che lo aveva avvinto. La pleura attorno ai polmoni che si era inspessita e si era allargata verso l'esofago procurando una sete notturna perenne, una piaga biblica, la maledizione di chi non ha preso la strada dritta per lasciarsi trascinare dalla corrente. Attraversare il senso di colpa e un altro senso ancora, il sentimento di ineluttabilità.

Pati era ormai vinto. Anche scendere dal letto era un'impresa feroce quasi quanto un altrettanto e feroce sintomo: starnutire, l'innocuo starnuto gli tirava i muscoli residui con lo scuotimento di un'esplosione. E si sentiva tirare dentro le viscere.

È la peste.

La peste è un male democratico e puntuale, non dà scampo, la spartisci con gli alleati e coi nemici. L'asbestosi era una peste non democratica, si era presa i disgraziati che avevano lavorato con l'amianto e non i suoi padroni che ci avevano campato, ma era pur sempre una peste, perché la peste la condividi, sai che se colpisce un tuo compagno, un tuo vicino, arriverà senza scampo, anche da te, ti dà una scadenza precisa.

Pati sentiva di essere uno di quegli uomini che nelle antiche civiltà venivano murati vivi nei ponti assieme alle bestie per ingraziarsi gli dèi. Esistono degli dèi così crudeli? Forse sì, se esistevano e sono sempre esistite tali usanze. Forse sì, se esiste la morte d'amianto che ti costringe a decidere in fretta cosa lasciare di te, di conoscere lo spartito preciso degli ultimi anni della tua vita e di tutte le persone con cui sei cresciuto. E la peste è anche solitudine, lo scanso di chi ti avverte sul cammino, mantenere le distanze, la quarantena in un lazzaretto.

Sete, tosse, prurito, mal di gola, sangue alla bocca da tisico, c'erano state folate di vento tutta la notte. Le tapparelle avevano battuto, le fessure avevano fischiato, raffiche di scirocco violente tamburellavano con fracasso sulle lamiere ondulate che facevano da tetto al verandino. L'alba fu quieta e appiccicosa, il mare crespo e color fango, un limo fertile che nutre il grano e inghiotte gli incubi dell'intera notte trascorsa tra veglia e mostruosità.

La notizia era arrivata anche a lui, le donne sul tetto della fabbrica avevano conquistato le chiacchiere di paese, erano travasate sul quotidiano della provincia e infine avevano anche conquistato un servizio del telegiornale.

Le donne coraggio si davano il cambio sotto il vento d'autunno, ma una, una sola, la più anziana di tutte, cambio non ne dava. Rimaneva aggrappata alle sue convinzioni più intime contro le intemperie dell'autunno del Capu.

Anche lei aveva addosso una peste speciale, intrasmissibile come l'asbestosi, ma ugualmente fatale, che l'avrebbe condotta alla sua solitudine. L'appestata era l'eterna ragazza, era Mimì.

Ippazio stentò molto a decidersi, ma riuscì a trovare ciò che cercava e caricò l'auto, nascose sotto una coperta di sacco la merce. Aveva meditato a lungo ciò che stava per fare, e non era più rinviabile. Guidò nelle strade secondarie, tortuose, trivellate, per i passaturi, per i vignali, infine riprese la provinciale. Prendeva tempo e con questo pensava anche di seppellire ogni ulteriore scrupolo. La donna che aveva lasciato in Svizzera, la sua famiglia mai voluta, la scia di indecisioni e timori.

Sotto il cartello di Lucugnano si accorse di quanto fosse spettrale nei mesi cattivi il paese. Il castello nella piazza era avvolto da una foschia lattiginosa, gli alberi di pere spogliati, le case bianche fumavano strie grigie e l'unica che non fumava era casa Orlando. Il gallo di rame sul tetto guardava a sud, sulla soglia di casa c'erano due figure avvolte in sciarpe colorate, una teneva in mano un ombrello che non sarebbe servito. Non pioveva da prima dell'estate e se non fosse finito lo scirocco non sarebbe mai scesa acqua. Una pioggia che da mesi si invocava, si pregava. Alcuni parroci avevano celebrato messe speciali contro la siccità. Nella chiesa dei cappuccini di Tricase avevano acceso le fiaccole in onore di san Domenico. Ogni paese si era raccolto attorno al suo patrono: Biagio, Vito, Ippazio, Nicola, Rocco e Domenica; infine la statua della Madonna dell'Assunta era stata condotta dal paese sino alla Serra in una processione guidata dal vescovo in mezzo a giaculatorie e invocazioni.

Davanti al cancello di casa Orlando c'erano Arianna e Biagio, discutevano in modo vivace. Adesso che Mimì si era trasferita su un tetto era diventata lei la custode del fratello. Aveva lasciato l'ingegnere e aveva iniziato a gestire una piccola, ma variopinta schiera di corteggiatori. Pensò che forse l'auto che aveva rallentato con dentro l'ombra di uno sconosciuto, apparteneva a uno di costoro. Non poteva sapere che dentro c'era Pati, suo padre.

Lui pensava che sarebbe svenuto quel giorno nel vedere sua figlia, anni dopo l'incontro fortuito a Gagliano e quello sofferto e vile della Guardiola. Ma con sorpresa s'accorse di non essere emozionato. Dentro di sé una zona buia congelò la commozione. Girò attorno alla casa con l'auto, sentì che forse i due l'avevano notato; quanto bastò a fargli fare una manovra discreta e riprendere la provinciale, puntare su Tricase, controllare che la merce fosse con sé.

"Mi sarei preso in casa pure Biagio, certo" pensò mentre ingranava la quarta sul rettifilo in mezzo agli ulivi. Il paese di Tricase si avvicinava, nell'orizzonte le case diventavano frequenti, la collina si allargava avvolgendo il paesaggio. Lo attraversò, c'era poco traffico, il quartiere Puzzu, la città vecchia, piazza Pisanelli su cui incombeva l'omonima statua scura che in una mattinata così grigia sembrava il fantoccio di un volatile preistorico che vegliava sulla città. Ma era il padre del paese, il costituzionalista, il parlamentare, il ministro liberale, l'uomo più importante della storia delle pietre rosse che facevano il borgo vecchio. L'auto di Ippazio dondolava sulle chianche sconnesse che scendevano verso la marina. Imboccò l'ultimo pezzo di strada che lo divideva dalla destinazione, controllò ancora che la merce fosse a posto sotto le coperte. Si fermò dove fu sicuro di non essere visto, c'era una folla intabarrata sullo sfondo, una moltitudine di auto. Si voltò, aprì il contenitore, il tanfo della merce riempì l'abitacolo. Richiuse in fretta. Aveva pochissimo tempo per pensare, per andare fino in fondo. Quando uscì dall'auto calpestò un tappeto di ghiande, erano le falanidi delle querce vallonee, che per secoli i tricasini avevano raccolto per venderle in tutto il mondo. Erano lunghe quanto sigarette e larghe quanto pigne, avvolte da una scorza spessa, da cui si produceva il tannino per la concia delle pelli. Si fabbricavano scarpe, pellame, copricapi. Se Tricase era piena di fabbriche era anche colpa delle ghiande su cui adesso Pati slittava con la merce in spalla. Se Mimì era lassù, era anche colpa loro.

Pati sragionava, cercava illogici legami tra gli eventi della sua vita e della vita di Mimì, ancora una volta dava la colpa a un disegno esterno, alla sfortuna, persino a una ghianda.

Ma era tardi per accampare altre scuse. Se era tornato al Capu sin dalla lontana Svizzera, era anche per fare ciò che adesso stava per compiere.

La folla che sotto ciondolava per assistere alle donne sul tetto era multicolore. C'erano i giornalisti della stampa locale, c'era qualche balordo, i nullafacenti, c'erano i parenti delle donne in lotta. Poi sarebbe arrivata Arianna con Biagio, forse. Ma era meglio che tutto finisse prima del loro arrivo. Che lo spettacolo chiudesse i suoi battenti prima di ogni ripensamento e prima di tramutarsi in un brandello di memoria. Bisognava essere veloci. Non permettere che qualcuno lo facesse desistere.

La folla si aprì e si fece attraversare dall'uomo con la merce, lo spinse sulla soglia dell'uscita di sicurezza dove saliva una scala di ferro che arrivava dritta sul tetto finendo in una campana di cemento.

I bisbigli della gente contenevano interrogativi: «Ma non è Pati? Ma è tornato con la Mimì Orlando?». L'oncia di latta che si portava in spalla Pati serviva per il latte, dentro ci mettevano anche vettovaglie e vivande, a volte addirittura vestiti.

Dopo la prima rampa di scale avvertì come un capogiro. Stava male, ma doveva andare fino in fondo, affrontò la seconda rampa sentendo che la scala ballava, emetteva dei sistri metallici che rimbalzavano per tutto il fabbricato. Gli venne incontro Frassino che gli domandò chi fosse, nessuno poteva salire.

«Ho portato del cibo a Mimì.»

«Mimì ha tutto.»

«Sono il padre di Arianna, sua figlia, le lascio un po' di roba e vado via. Fa freddo, fa molto freddo, le lascio cibo e torno subito giù.»

«Sì, ma faccia in fretta e si faccia vedere il meno possibile, ci sono le riprese televisive.»

Ippazio salì ancora un paio di rampe, quando sentì che era rimasto solo e distante da tutti, capì che era arrivata l'ora.

Remo Frassino era giunto in mezzo alla gente a chiedere se qualcuno conoscesse l'uomo che era entrato. Si sentì rassicurato dalle persone che raccontavano chi fosse, e ognuno aggiungeva condimento, «Vuoi vedere che si rimettono insieme?», «Ma ceddisci, manco la figlia ha conosciuto!».

Ippazio adesso era arrivato sulla soglia della porta che conduceva al tetto. Da lì vedeva due donne con sciarpe al collo, una srotolava uno striscione in verticale, l'altra puliva con l'acqua di una bottiglietta un pentolino. Erano scrupolose e teatrali, ma in modo irreale, era come se avessero detto loro di comportarsi così.

Di Mimì nessuna traccia.

Un giornalista aveva chiesto di incontrare le donne. Remo Frassino lo aveva stoppato. «Appena scendono i parenti si può iniziare.»

L'odore della benzina.

Salì nelle narici delle donne assieme al vento.

Impregnò le scale, i muri, ogni angolo del ternitti. Si sprigionò.

Le due donne che avevano sino ad allora recitato il copione delle ragazze coraggiose, sul crinale di una battaglia, si guardarono spaurite: «Hai sentito pure tu?».

Era lui.

Ippazio fradicio di benzina avanzava sul tetto mentre il cielo ormai era un'unica e incombente coperta nera che sembrava premere sulla testa. Mimì uscì dalla tenda nella quale si riposava con in testa un velo rosso, fu attratta dall'improvviso miasma, aveva addosso un'espressione incuriosita e decisa. Le sue sinapsi si mossero rapide, formarono il mosaico di ciò che era accaduto e andava fatto.

«Ragazze, correte giù.»

Le due non se lo fecero ripetere un'altra volta.

Grosse cornacchie si erano posate sui fili di un'antenna a sorvegliare l'incontro tra Pati e Mimì.

«Mimì, amore mio, se mi brucio qui forse vi salvano il lavoro» gridò con la voce rotta tra pianto, terrore e una forza remota che la fece echeggiare lontanissimo. Un pupazzo di stracci bagnati, con i capelli ricoperti di benzina, il viso trapassato da rughe profonde, avanzava verso l'eterna ragazza, l'appestata di paese, quella che parlava da sola, con le anime morte e con gli antenati.

Lei era impietrita, guardava il suo primo amore del tutto travolto da un demonio di riscatto, rivalsa, forse risentimento. Cosa c'era in quel gesto sconsiderato che metteva in atto il padre di Arianna, di sua figlia? Il ragazzo che da lontano assomigliava a un principe indiano, che volava con una pala sulle sottili banchine che correvano sull'amianto bleu. Se lo era immaginato così nell'assenza di tutti quegli anni. Un funambolo, un acrobata scuro, un uomo leggero e che forse per troppa lievità si era tenuto lontano dall'esistenza di Domenica Orlando, la donna più ingombrante del Capu.

E allora visto che sei venuto a sfidare Mimì Orlando sul suo terreno, non avere paura delle conseguenze dei tuoi gesti estremi, ma rispondi solo alle intime convinzioni, ai sentimenti. Datti fuoco Pati, se hai coraggio, prendi fuoco, vieni qui ridotto a una torcia umana. Falla finita alla maniera degli acrobati veri, davanti agli occhi del pubblico, e sotto le lacrime della tua bella. Dài, Pati, dacci dentro, ti sei portato in tasca i fiammiferi. Non hai avuto pietà della storia d'amore con Mimì. I fiammiferi, strumento della vostra seduzione, del vostro riavvicinamento e del vostro riallontanamento. E adesso?

Ma nei finali non c'è bisogno del buon gusto, l'importante è essere decisi e lasciare un minuscolo messaggio, un simbolo da passarsi di mano in mano, di sguardo in sguardo, la traccia del passaggio.

"Brucia. Brucia allora, vai fino in fondo" pensò Mimì. Ma si vergognò del pensiero fugace, come quando anni prima voleva tirare uno schiaffo ad Arianna e non ci riusciva. La confusione annebbiò la vista, paralizzò la lingua, nessuna parola riusciva a essere proferita, il vento si era fermato e le cornacchie avevano ripreso il volo dal filo delle antenne.

«Amore mio, mi vedrai bruciare.» E non fu mai così

bello sentirsi dire amoremio, amoremio tutto una parola che sapeva di sale, di zucchero, cedro e latte, di ogni sapore che saliva sino al palato, sotto la lingua in mezzo ai denti.

Pati estrasse il pacco di fiammiferi dalla tasca. Lo scosse per far sentire che era pieno.

Lo sbigottimento le aveva paralizzato i tessuti muscolari del viso e aveva in bocca il sapore del sangue d'un taglio alla lingua.

«Non ho niente da perdere, l'amianto s'è preso pure a me, ma io me ne vado da uomo, me ne vado con onore, onorerò la mia donna.» Ippazio tirò fuori il primo fiammifero e lo sfregò sulla carta abrasiva della scatola. Ma la foga spezzò la capocchia di zolfo. Ne tirò fuori un altro, sembrava umido, e lo buttò via. Ne tirò fuori un terzo, ci soffiò sopra. Pronto ad accenderlo.

Arianna e Biagio erano arrivati nel momento in cui le due donne erano uscite correndo. Diedero l'allarme che sul tetto c'era un uomo pieno di benzina pronto a darsi fuoco. Frassino disse di stare calmi, che nessuno doveva salire prima di lui e di un pubblico ufficiale. Si offrì un giovane vigile urbano con occhi di cioccolata e orbite disegnate da un maestro d'acquaforte. «Lu Pati lo conosco, ha lavorato appresso a sirma al ternitti.» Arianna si intromise afferrando per il braccio il vigile: «Pati non lo conosco, ma è sirma a me, è mio padre». Pochi istanti dopo erano sui gradini metallici verso il tetto correndo con il naso gonfio di benzina.

Pati intanto sfregava il terzo fiammifero.

Mimì alzò la testa verso il cielo come a chiamare le sue anime morte, i suoi antenati; non ebbe tempo di pregare, lo avrebbe fatto. Quante volte le avevano detto che era una macara, una strega che poteva affatturare. Era un'offesa, ma anche una lusinga. Mai come allora avrebbe desiderato di esserlo davvero. Di credere alla diceria.

Chi da sotto guardava la scena non poteva percepire il dramma, l'emozione, ma anche il cavo remotissimo che collegava gli intenti dei due protagonisti. Si muovevano come due pupi i cui fili oscuri erano tenuti e mossi dall'altro, Mimì attendeva un cenno e Pati attendeva a sua volta una frase, un encomio o il perdono.

«Butta la scatola, Pati.»

«No, Mimì, ti sono più utile da bruciato.»

«Troppo facile così.»

«Non ho altra strada.»

«Per fare cosa?»

«Per la quiete.»

«La tua quiete? È possibile che pensi sempre e soltanto a te, Pati? Cosa è successo? Me lo dici una volta tanto cosa ti fa paura? Sei tornato qui. Che quiete stai cercando?»

«Forse sto cercando di non avere paura di te.»

«Non ne avere.»

«Di una cosa adesso sono certo. Non ho paura di morire e se accadesse adesso sarei felice.»

I nervi di Pati si dissolsero, la frase venne come una confidenza, lo sfogo di un disperato.

E mentre parlava Mimì rivide davanti a sé il principe acrobata, lo vide la notte del loro primo incontro nei lavatoi di una fabbrica abbandonata, in mezzo alle fiammelle tremule dei fiammiferi. Non poteva permettere che le stesse fiammelle potessero riprendersi la sua più grande e infinita gioia. In corrispondenza del canale della memoria che si riattivava in zone lontanissime e meravigliose, la prima lacrima, potente, paragonabile allo scolo di un rio campestre, si spiaccicò al suolo, poi due, poi tre, infine il cielo nero diventò bianco, il detto dice "Cielu ca lusci acqua annusci".

I santi avevano compiuto il miracolo.

Il cielo era illuminato a festa, riverberato dalle rifrazioni celesti, come se fosse stata Santa Domenica in tutto il Capu, in tutto il mondo.

Venne giù un torrente. Dopo mesi, con l'umore della gente che era disseccato come i terreni, i suoli rossi e bruniti che digradavano alle marine, duri e ricoperti di foglie morte. Finalmente l'acqua. Sotto la fabbrica si aprì una distesa di ombrelli rossi, gialli, neri, bianchi, un prato di plastica e tessuto riempì l'orizzonte.

Le piogge si portavano via la fame, la sete e le pesti. La pioggia mondò, era una pioggia dura, che puntellava furiosa ogni superficie e riempiva i canali. Enormi pozzanghere si disseminarono per la città perché era l'acqua che riempiva i laghi e irrobustiva i fiumi, adombrava i mari di una foschia nera. L'acqua sciolse i fiammiferi e pulì la benzina. L'acqua decise.

Mimì rimase impassibile, ma un sorriso bianco si disegnò sulla tela del suo viso. In quel momento si affacciò sul tetto Arianna seguita da un corteo di sconosciuti e in coda Biagino con l'aria di chi sa.

Mimì cercò gli occhi di Pati e glielo chiese.

«Resti quassù con me?»

Il silenzio durò pochi istanti.

Il sorriso bianco si tramutò in una risata, e i fiammiferi divennero una poltiglia tra le dita bagnate di Pati. Non era più lui, la sua anima era pronta, la foschia svanì dal petto come la benzina dai vestiti; a volte si ereditano i significati dei propri nomi e il valore dei propri luoghi, entrano nel sangue irruenti simili a un travaso. Ma lui capì di aver ereditato da Mimì una passione. E la passione è contagio felice, un germe trasmesso da chi si ama.

Aveva il capo zuppo, i rigagnoli tracciavano i solchi del viso e, goccia dopo goccia, dal naso, fin sulle labbra venne fuori un'unica, potente sillaba in mezzo ai tuoni. Nessuno riuscì a sentirla, tranne lei, tranne Mimì che rise.

Dalla strada del mare si vedevano i lampi, Mimì si guardò l'anello turchese e vide che assomigliava al colore del suo mare d'estate. Al prossimo santo patrono non sarebbe stata più sola e anche se fosse accaduto un'unica volta, questa sarebbe rimasta custodita per sempre in un posto segreto, lo stesso di tutte le anime morte, come un fossile nella terra che affiora soltanto quando c'è un'altra pietra che combacia.

Martina Franca, 28 dicembre 2010

Ringraziamenti

Ho iniziato a progettare questo libro nell'estate del 2006. Ho terminato di scriverlo nel dicembre del 2010; di riscriverlo, come tutti i romanzi, non si cesserebbe mai.

Tra il 1960 e il 1980 quasi duemila abitanti dei comuni del Capo di Leuca hanno lavorato nella fabbrica d'amianto di Niederurnen, nel cantone Glarus in Svizzera. La maggior parte di loro, oggi, sono morti o sono ammalati. Solo in poche decine hanno richiesto pensioni e sussidi o hanno proceduto a domande di risarcimento. È questo il motivo per cui non esistono dati ufficiali di quella che risulta la più grande e silenziosa tragedia dell'emigrazione italiana.

Ci sono molte persone a cui sono riconoscente e che mi hanno aiutato in questi anni per ragioni professionali e private.

In questo elenco ci sono le persone che hanno seguito le vicende di Mimì sin dal loro inizio, o nel mentre; coloro che mi hanno aiutato sotto il profilo logistico, editoriale, nelle carte giudiziarie e nelle mappe ambientali. Sono in ordine sparso, ma non troppo.

Luciana Nicolì, Anna De Masi, Helena Janeczek, Antonella Gaeta, Pasqua Manfredi, Deborah di Bitonto, Serena Mingolla, Cinzia De Stefani, Annalisa Marzocca, Margherita Trotta, Nora Mercurio, Giulia Ichino, Camilla Verboschi, Alessandra di Pietro, Chiara Valerio, Laura Grandi, Laura Cerutti, Marika Desiati.

Tutti i fatti accaduti, i luoghi citati e i personaggi sono autentici, ma volutamente trasfigurati dalla lente deformante del narratore e dunque privi di realtà, ma non di verosimiglianza. I nomi e i cognomi sono i più diffusi nei paesi di Corsano e Tricase, i soprannomi provengono dai miei paesi. Ogni dato di cronaca oggettiva è sovvertito ai fini della storia e delle vicende umane di Domenica Orlando e della sua famiglia.

Indice

9 1975
La casa di vetro

53 1993
Sale

93 1998
La gentilezza

119 2000
Parmasie

171 2003
I cedri

187 2006
Gli esposti

235 2011
La peste

257 *Ringraziamenti*

nella collana

contemporanea

Eraldo Affinati, *Campo del sangue*
Eraldo Affinati, *La Città dei Ragazzi*
Stephen Amidon, *Il capitale umano*
Pietrangelo Buttafuoco, *Le Uova del Drago*
Pietrangelo Buttafuoco, *L'ultima del Diavolo*
Ottavio Cappellani, *Chi è Lou Sciortino?*
Ottavio Cappellani, *Sicilian tragedi*
Vincenzo Cerami, *La gente*
Vincenzo Cerami, *L'ipocrita*
Vincenzo Cerami, *La lepre*
Vincenzo Cerami, *Tutti cattivi*
Vincenzo Cerami, *Vite bugiarde*
Vikram Chandra, *Amore e nostalgia a Bombay*
Vikram Chandra, *Giochi sacri*
Vikram Chandra, *Terra rossa e pioggia scrosciante*
Cynthia Collu, *Una bambina sbagliata*
Leonardo Colombati, *Il Re*
Guido Conti, *Le mille bocche della nostra sete*
Roberto Cotroneo, *Otranto*
Roberto Cotroneo, *Questo amore*
Maurizio Cucchi, *La traversata di Milano*
Giuseppe Culicchia, *Ambarabà*
Giuseppe Culicchia, *Ameni inganni*
Giuseppe Culicchia, *Brucia la città*
Andrew Davidson, *Gargoyle*
Mario Desiati, *Il paese delle spose infelici*
Mario Desiati, *Ternitti*
Delphine de Vigan, *Gli effetti secondari dei sogni*
Delphine de Vigan, *Le ore sotterranee*
E.L. Doctorow, *La città di Dio*
E.L. Doctorow, *La marcia*

E.L. Doctorow, *Homer & Langley*
Francesco Durante, *Scuorno (Vergogna)*
James Ellroy, *American Tabloid*
James Ellroy, *Clandestino*
James Ellroy, *Dalia Nera*
James Ellroy, *L.A. Confidential*
James Ellroy, *Il sangue è randagio*
James Ellroy, *Sei pezzi da mille*
Nathan Englander, *Il ministero dei casi speciali*
Jeffrey Eugenides, *Middlesex*
Jeffrey Eugenides, *Le vergini suicide*
Nadia Fusini, *L'amore necessario*
Nadia Fusini, *Possiedo la mia anima*
David Grossman, *Che tu sia per me il coltello*
David Grossman, *Ci sono bambini a zigzag*
David Grossman, *Col corpo capisco*
David Grossman, *Il libro della grammatica interiore*
David Grossman, *Qualcuno con cui correre*
David Grossman, *Il sorriso dell'agnello*
David Grossman, *L'uomo che corre*
David Grossman, *Vedi alla voce: amore*
Alan Hollinghurst, *La linea della bellezza*
Denis Johnson, *Albero di fumo*
David Leavitt, *Ballo di famiglia*
David Leavitt, *Il corpo di Jonah Boyd*
David Leavitt, *Eguali amori*
David Leavitt, *La lingua perduta delle gru*
David Leavitt, *Un luogo dove non sono mai stato*
David Leavitt, *Il matematico indiano*
David Leavitt, *Mentre l'Inghilterra dorme*
Massimo Lolli, *Il lunedì arriva sempre di domenica pomeriggio*
Claudio Magris, *L'infinito viaggiare*
Federica Manzon, *Come si dice addio*

Fosco Maraini, *Case, amori, universi*
Paolo Maurensig, *Gli amanti fiamminghi*
Paolo Maurensig, *Canone inverso*
Francesca Melandri, *Eva dorme*
Pascal Mercier, *Partitura d'addio*
Pascal Mercier, *Treno di notte per Lisbona*
Antonio Monda, *Assoluzione*
Antonio Moresco, *Canti del caos*
Antonio Moresco, *Gli incendiati*
Audrey Niffenegger, *La moglie dell'uomo che viaggiava nel tempo*
Joyce Carol Oates, *Le cascate*
Joyce Carol Oates, *L'età di mezzo*
Joyce Carol Oates, *La figlia dello straniero*
Joyce Carol Oates, *La madre che mi manca*
Joyce Carol Oates, *Sorella, mio unico amore*
Joyce Carol Oates, *Tu non mi conosci*
Joyce Carol Oates, *Uccellino del paradiso*
Ferruccio Parazzoli, *Trilogia di piazzale Loreto*
Antonio Pennacchi, *Il fasciocomunista*
Antonio Pennacchi, *Mammut*
Antonio Pennacchi, *Shaw 150*
Alessandro Piperno, *Con le peggiori intenzioni*
Alessandro Piperno, *Persecuzione*
Richard Powers, *Il fabbricante di eco*
Richard Powers, *Il tempo di una canzone*
Ugo Riccarelli, *Comallamore*
Ugo Riccarelli, *Il dolore perfetto*
Salman Rushdie, *I figli della mezzanotte*
Salman Rushdie, *L'incantatrice di Firenze*
Salman Rushdie, *Luka e il Fuoco della vita*
Salman Rushdie, *Shalimar il clown*
Salman Rushdie, *La terra sotto i suoi piedi*
Salman Rushdie, *L'ultimo sospiro del Moro*

Salman Rushdie, *La vergogna*
Salman Rushdie, *I versi satanici*
Cathleen Schine, *L'evoluzione di Jane*
Cathleen Schine, *Il letto di Alice*
Cathleen Schine, *I newyorkesi*
Cathleen Schine, *Sono come lei*
Cathleen Schine, *Tutto da capo*
Walter Siti, *Il contagio*
Zadie Smith, *Della bellezza*
Zadie Smith, *Denti bianchi*
Zadie Smith, *L'uomo autografo*
Kathryn Stockett, *L'aiuto*
Uwe Timm, *Come mio fratello*
Giuseppina Torregrossa, *Il conto delle minne*
Serena Vitale, *A Mosca, a Mosca!*
Tom Wolfe, *Il falò delle vanità*
Tom Wolfe, *Io sono Charlotte Simmons*
Tom Wolfe, *La stoffa giusta*
Tom Wolfe, *Un uomo vero*

«Ternitti»
di Mario Desiati
Oscar contemporanea
Arnoldo Mondadori Editore

Questo volume è stato stampato
presso Mondadori Printing S.p.A.
Stabilimento NSM - Cles (TN)
Stampato in Italia - Printed in Italy